ミーシャが扉を開くとアリスが駆け寄って来た。
普段ならそのまま私に抱きついてくるのだが、
今日はピタリと足を止めた。
大きな目を広げ私の頭を注視している。
「ママ、くろい！
アリスもやりたい！」
「そうね。じゃあ帝都に戻ったら
アリスも黒髪にしてあげるわ」
二章《獣王連合国への旅路》

エリー
・レイス
祖国に裏切られ復讐を誓った
元公爵令嬢、現トレートル商会会長。
商品である染料の実演と変装のため、
獣王連合国へは銀髪を
黒く染めることに。
彩暁《アデル》
・ハルドリア
無能なフリードの
代わりを務めるために呼び出された王女。
信用できる部下たちも少ない中で、
エリーへの対抗策に頭を悩ませる。

ジーク
・レイストン
ハルドリア王国宰相にして、
エリーを指名手配した父親。
国家間の関係悪化を修繕するため、
獣王連合国へとやってくる。
イーグレット
・バーチ
獣王連合国へ向かう船で
エリーが知り合ったナイル王国の商人。
様々な種族的特徴を
併せ持った見た目をしている。

「エリザベート。最後にもう一度聞く。
大人しく王国に
戻るつもりはないのか？」
「今更ですね」
ジークが無詠唱で放った水魔法が
私達の間に叩きつけられ、
それを躱す様に私達は距離をとる。

# ブチ切れ令嬢は報復を誓いました。

The Furious Princess Decided to Take Revenge

—魔導書の力で祖国を叩き潰します—

4

Author
はぐれメタボ

Illustrator
昌末

口絵・本文イラスト　昌末

4

The Furious Princess
Decided to Take Revenge

CONTENTS

# 序章

「エリー様。獣人族《じゅうじん》用化粧品《けしょうひん》の報告書です」

帝都《ていと》の屋敷《やしき》の執務室《しつむしつ》で本格的に稼働《かどう》し始めたレブリック辺境伯《はく》領東部の化粧品の生産拠《きょ》点《てん》から上がって来た決算書を確認《かくにん》していた私は、シワ一つないメイド服をキッチリと着こなしたミレイから新たな報告書の束を受け取った。紐《ひも》で綴《と》じられた報告書に目を通した私はサインを入れてミレイへと返した。

「問題ないわね。これで通しておいて頂戴《ちょうだい》」

「畏《かしこ》まりました」

「あ、ちょっと待って」

書類を持って執務室を出るミレイを呼び止めて、手元の決算書を仕上げて差し出した。

「これもお願い」

「はい」

一礼して今度こそ退室したミレイを見送り、軽く伸《の》びをしながら背後の書架《しょか》で資料を整理していた猫《ねこ》人族の少女、ミーシャに声を掛《か》ける。

「ミーシャ。この後は何か予定はあったかしら？」

ミーシャは懐《ふところ》から愛用の手帳を取り出して予定を確認する。

「いいえ、本日予定は以上です」

「そう。ありがとう。悪いけれど後はお願いね」

「はい。お任せください」

ペンやインクを片付けた私は、ミーシャに声を掛けてから執務室を後にする。

「あ、エリー会長」

廊下《ろうか》に出た私に声をかけたのは左右に結んだ三つ編みを肩《かた》から前に垂らした少女だ。

「どうしたの、ルノア？」

「お手紙が届いていますよ」

「ありがとう」

受け取った手紙の差し出し人を見ると港町があるハーミット伯爵《はくしゃく》領の支店を任せているハウエルからの連絡《れんらく》だった。来月にはハルドリア王国の属国である獣人連合国へ向かうのだが、移動には船を使う予定なのだ。その手配を任せていたので報告を寄越《よこ》したのだろう。

簡単に内容を確認して手紙を執務室のミーシャに渡《わた》してくれる様にルノアに頼《たの》み、私はそのまま中庭へと向かった。

中庭にはメイドに連れられた少女が花壇《かだん》の前でしゃがみ込《こ》み花を見ていた。少女は私の足音に気づきこちらへと顔を向けると笑《え》みを浮《う》かべ、輝《かがや》く様な金髪《きんぱつ》を揺《ゆ》らしながら駆《か》け寄ってきた。

「ママ！」

「お待たせ、アリス」

「お仕事おわったの？」

「ええ。今日はもう終わったわ」

「じゃあアリスにご本よんで！」

「いいわよ。もう寒くなるからお部屋に戻《もど》りましょうね」

「うん」

軽く手を振《ふ》ってメイドを退がらせ、アリスを抱《だ》き上げた私は、自室に向かって歩き始めるのだった。

# 一章　《帝都の日々》

「アリスが？」

「はい」

その日、ミーシャが私に告げたのは意外な内容だった。

「アリス様はエリー様のお手伝いをしたいと思っているようです」

「そう」

アリスが私の仕事を手伝いたいと言い出したのだ。流石《さすが》にアリスに手伝える仕事は無いのだが、本人はかなり張り切っているらしい。以前読んだ子育ての手引き書にも子供の自立心を尊重する事は重要だと書いてあった。

「何か考えたほうが良いのかしら？」

「そうですね。簡単なお仕事でもさせてみますか？」

「う～簡単な物とは言え商会の仕事はね……」

アリスに手伝いをさせる。それは良いが具体的な事は何も決まっていなかった。商売である以上、ルノアやミーシャの様な仕事をさせる訳にもいかない。

翌日、休息時間に依頼《いらい》していた仕事の報告に訪《おとず》れていたエルザとお茶を飲んでいる時、私が悩《なや》んでいると目の前のエルザの口からあっさりと答えが出た。

「別に商会の仕事を手伝わせる必要はないだろう」

「え？」

「アリスはエリーの手伝いをしたいのであって商会の手伝いをしたい訳ではないのだろう。なら適当な手伝いを作ってやれば良いじゃないか。お使いとか」

「なるほど！」

これには目から鱗《うろこ》だった。確かにエルザの言う通りだ。だがお使いに出して大丈夫《だいじょうぶ》だろうか？　アリスは先日、誘拐《ゆうかい》されて怖《こわ》い目にあったばかりだ。万が一にも危険が有ってはいけない。

「……まずは危険の排除《はいじょ》ね」

「え？」

戸惑《とまど》いの声を上げたエルザに気付く事はなく、私はアリスにお使いをさせる計画を練るのだった。

◆

帝国《ていこく》一の歓楽街《かんらくがい》であるケレバンの街の近くにある遺跡《いせき》ではイブリス教の紋章《もんしょう》が掲《かか》げられた天幕が並んでいた。その一つ、特に大きな天幕では修道服姿のシスターが大量の書類が積まれた簡易テーブルに突《つ》っ伏《ぷ》していた。

「はぁ、もう良いんじゃないッスかねぇ？　こんなに細かくやる必要無いッスよ」

「何をおしゃっているのですか、ティルダニア猊下《げいか》！　ささ、次はこちらの書類に目をお通し下さい」

ティルダニアことティーダが疲《つか》れを溜息《ためいき》として吐《は》き出すが、第四聖騎士団《きしだん》の第六分隊長を務めるリーウス助祭が書類を押《お》しつける。ケレバンでの誘拐事件が結構な大騒動《おおそうどう》へと発展し、一ヶ月が経《た》っていた。

「はぁ、エリーさん達《たち》はとっくに帝都へ帰ってしまったのに私はケレバンの外、遺跡の近くで聖騎士団の天幕に缶詰《かんづめ》ッス。ああ、私もさっさと帰りたいッス。仕事とか全て忘れてお酒飲みたいッス。うう、現実逃避《とうひ》でもしてないとやってられないッスよ～」

ティーダはのそのそと書類にサインを入れながら愚痴《ぐち》る。

「こういう面倒《めんどう》……いえ、繊細《せんさい》な配慮《はいりよ》が必要な事柄《ことがら》は私向きじゃ無いッスよね。良きに計らえ、でいい感じにしておいて欲《ほ》しい物ッス。大体、あのドンドルとか言う背信者がこんな事をしでかすから悪いんッスよ。地獄《じごく》に……落ちてるッスね。あんな屑《くず》が神のお側《そば》へとは向かえるはずがないッス」

文句を言いながらも手を動かしていたティーダは書類の束をリーウスに押し付けた。

「はい、これで最後ッス」

「お疲れ様です、ティルダニア猊下。では次の書類を……」

「いやいや、リーウス助祭！　今日はこの辺にしておくべきッス」

「え、しかし、猊下……」

「神様！　神様もそう思うッスよね！　…………ほら！　神もそう言っているッス！」

「え、ぼ、僕《ぼく》には何も……」

「それはいけないッス！　修行《しゅぎょう》が足りないッスよ、リーウス助祭！　さぁ、瞑想《めいそう》して神に祈《いの》りを捧《ささ》げるッス！　今すぐ！　五時間くらい！」

「え、は、はい。ティルダニア猊下！」

慌《あわ》てて祈りを捧げ始めたリーウスに気付かれない様にそっと天幕を抜《ぬ》け出したティーダは、聖騎士達《きしたち》の目を盗《ぬす》みケレバンに戻ると、流れる様な動きで近くの酒場に滑《すべ》り込んだ。

「い、いらっしゃい、お嬢《じょう》さん」

「お邪魔《じゃま》するッス。えっと……取《と》り敢《あ》えず、おすすめのお酒とツマミを」

「はぁ」

慌てて飛び込んで来たティーダに、店主は目を丸くしながらも、熟練の手付きで酒を用意する。

「はい、どうぞ。清酒と鬼鹿《おにじか》のモツ煮《に》だよ」

「おお？」

ティーダに差し出されたのは水の様に透《す》き通った酒と鹿の内臓の煮込《にこ》み料理だった。

「大陸ではあまり見ない透明《とうめい》なお酒ッスね。これは東の島国のお酒ッスか？」

前にAランク冒険者《ぼうけんしゃ》であるユウカ・クスノキに貰《もら》った薬酒に使われていた酒と同じ特徴《とくちょう》からティーダはそう推測した。

「若いのによく知っているね。僕は昔冒険者をしていてね。その時のツテで仕入れているんだ。このケレバンの街でも清酒を出せるお店は少ないよ」

「へぇ～」

ティーダは偶然《ぐうぜん》逃げ込んだだけの店でレアなお酒に出会えた事に少しテンションが上がる。曇《くも》りなく磨《みが》かれたグラスに満たされた透明なお酒。それでいて、漂《ただよ》って来るのは濃《こ》く強い酒精の香り。グラスを手に取りクイっと一口。途端《とたん》に喉《のど》を焼く様な感覚が、胃の腑《ふ》に落ちるまで尾を引いて行き、その後、体の中心から全身に広がる様に熱が伝わって行くのを感じた。ワインやエールとは違《ちが》う、上品で有りながらもワイルドさも有る上等な酒だ。

そして次に共に出された内臓の煮込みを口にする。

「こ、これは！　なんて濃厚《のうこう》で深い味わい！」

鹿の内臓は、猟師《りょうし》が森で食べるご馳走《ちそう》だ。鮮度《せんど》の関係であまり店で出される事はなく、もし出されたのなら質の悪い内臓を使った安物料理が殆《ほとん》ど。しかし、この煮込みには内臓の臭《くさ》みなどはまるで感じられない。鮮度の良い内臓を丁寧《ていねい》に処理した証拠《しょうこ》だろう。

「それにご主人！　この不思議な風味は一体……」

「ふふ、これはね、味噌《みそ》と言う調味料だよ」

「味噌？」

「大地豆を醗酵《はっこう》させて作る東の島国の調味料さ。最近は一部の商会で取り扱《あつか》われる様になって来ていてね。清酒によく合うだろ？」

「最高ッス！　この濃厚な味わいを酒精の強い清酒で洗い流すのがまた！」

ティーダは熱々の味噌煮《みそに》を口に入れ、グニグニと内臓の独特な食感を楽しんだ後、口に残る塩気と味噌の風味を酒で一掃《いっそう》する。

「はは、お嬢ちゃんはなかなか行ける口だねぇ。ほら、コレも試《ため》してみな」

「これは？」

店主が差し出して来たのは小さな瓢箪《ひょうたん》。ティーダが手にとって振ってみると中に何かの粉末が入っている事が分かった。

「それは唐辛子《とうがらし》を粉末にした南大陸の調味料だ。味噌煮に掛けるとピリっとした辛味《からみ》が加わって更《さら》に酒が進む」

「おお！」

言われた通りに試してみると、塩気と風味が何処《どこ》までも広がる味わいだった味噌煮が、鋭《するど》い辛味でピシっと引き締《し》まった。

「素晴《すば》らしいッス！」

「気に入って貰えて嬉《うれ》しいよ」

「いやぁ、まさに隠《かく》れた名店ッスね。こんな美味《おい》しいお店があったなんて知らなかったッス！」

その後も、甘《あま》く酒精が弱い甘酒《あまざけ》や、芋《いも》から作られた強い辛口《からくち》のいも焼酎《じょうちゅう》など、店主お勧《すす》めの東方のお酒を堪能《たんのう》し、ツマミも天麩羅《てんぷら》や醬油《しょうゆ》と言う調味料で味付けしたモツ煮も美味しく頂いた。こうして、仕事に追われていたイライラなど吹《ふ》き飛ばして、ティーダは楽しく飲み明かした。

　ケレバンの街で清酒と味噌煮込《みそにこ》みを味わって数日後、ティーダは残りの仕事を真面目《まじめ》なリーウス助祭に押し付けて帝都へ向かっていた。コーバッツ侯爵《こうしゃく》領は帝都と隣接《りんせつ》しており、街道《かいどう》もしっかりと整備されているので歩き易《やす》い。街道をのんびりと歩いていると小さな村が見えて来た。

「今日はもう日が暮れるッスね～、あの村で泊《と》めて貰えたら良いんッスけど」

　ティーダが村に近づくと村の門番らしき男が少し警戒《けいかい》したが、修道服を着ているのを見て警戒を緩《ゆる》めた。

「ようこそ、シスター様」

「こんにちはッス。一晩の宿をかりたいんッスけど構わないッスか？」

「はい。それでしたら村長のお宅を訪ねてくだせぇ。村の中心の大きな家ですだ」

「どうもッス」

「この様な時にシスター様が来て下すったのも神様の思《おぼ》し召《め》しですだ」

「ん？」

　背後で門番の男が手を組んで祈りを捧げていたのを見てティーダは首を傾《かし》げた。

「熱心な信者なんッスかね？」

門番に聞いた家は一目で分かった。周囲の民家に比べて一回りか二回り程《ほど》大きな家だ。この手の田舎《いなか》の村では村長の自宅が村の集会所や宿泊施設《しゅくはくしせつ》を兼《か》ねる事が多いのでよくある作りの家だ。村長に交渉《こうしょう》して一晩の宿を得る事が出来たティーダは、村長の妻が出してくれた質素な食事を有《あ》り難《がた》く頂いた。

「シスター様、少々お願いがあるのですが……」

食後、村長と奥《おく》さんに揃《そろ》って声をかけられた。

「お願いッスか？　まぁ、私に出来る事なら」

「実は、私共の孫の事なのですが……」

「お孫さんッスか？」

「はい。実は数日前、現れた魔物《まもの》に襲《おそ》われて重傷を負っているのです」

「数日前と言うとスタンピードッスか？」

「はい。近くのダンジョンから溢《あふ》れ出した魔物が村まで流れてきた様です」

ダンジョンの核《かく》を破壊《はかい》する事で発生するスタンピード。それが数日前に発生した事はティーダも旅の途中《とちゅう》に聞いていた。とは言え、そのスタンピードは街の近くに発生したダンジョンを潰《つぶ》す為《ため》に領主の指揮の下で核を破壊した物らしい。ダンジョンも若く深さも二階層しかない。

「魔物は追ってきた冒険者の方に退治されたのですが、息子夫婦《むすこふうふ》はあの子を庇《かば》って死んでしまって……残された孫ももう先が長く無いのです。どうか、孫の為に祈ってやっては貰えないでしょうか？」

「ええ、構わないッスよ」

魔物が予想以上に多かったのか、冒険者や領主の兵が弱かったのか、どちらにせよ不運だったのだろう。善良な領主ならば被害《ひがい》を調査して治癒魔導師《ちゆまどうし》の派遣《はけん》なり見舞《みま》い金《きん》なりを出すだろうが、それもダンジョンの方の処理が終わってからの話だ。食後、村長の屋敷の奥の部屋に案内されると、そこには五歳《さい》くらいの少年がベッドに寝《ね》かされて荒《あら》い呼吸を続けていた。

「ん？　確かに大怪我《おおけが》ッスけど、きちんと治癒魔法《まほう》を使えば治りそうな傷ッスね」

「え⁉」

田舎の村では確かに治療《ちりょう》は難しいと諦《あきら》めても仕方ない傷だが、ティーダの魔法なら治療が可能なレベルだった。

「村長、このくらいの傷なら私の魔法で治せるッスよ」

「ほ、本当ですか⁉」

「ええ、【中級治癒《ちゆ》】」

　魔法を使うと少年の呼吸は安定し、うっすらと目を開いた。その後、しきりに感謝する村長夫婦《ふうふ》を宥《なだ》め、少年の体力を回復させる為に滋養《じよう》の有る物を食べさせる様に伝えた。すると村長が甕《かめ》を一つ取り出して来てティーダに手渡《てわた》した。

「これは？」

「この村で昔から作られている果実酒です。村の祝い事などで飲まれる物ですが、どうか一杯《いっぱい》お付き合い下さいませんか？」

「喜んでお付き合いするッス！」

　ティーダが木製のお椀《わん》を受け取ると、村長が甕から果実酒を注いでくれる。

「では、頂くッス」

　果実酒を口に流し込むと、程よい酒精と果実の爽《さわ》やかな香り、酸味と甘味《あまみ》が混ざりあった味わいが駆け抜けて行った。

「おお、美味《うま》いッス！」

　少々雑多で荒削《あらけず》りなところがまた趣《おもむき》がある。

「こちらもどうぞ」

「これは？」

「村でよく食べられている川魚の塩焼きですよ」

村長の妻が出してくれたのは、指くらいのサイズの魚を丸焼きにしたツマミだった。その魚を頭から一口で半分齧《かじ》ると、腹の中に詰《つ》まった白い卵が零《こぼ》れ落ちる程の姿を覗《のぞ》かせた。

「今の時期は子持ちで酒のツマミには最適なのですよ」

目を丸くするティーダに村長が説明してくれた。魚の丸焼きは、腹の卵のプチプチした食感と内臓の苦味、魚の旨味《うまみ》と僅《わず》かな塩気が一体となって舌を楽しませる。この動物的な旨味に、植物の恵《めぐ》みを凝縮《ぎょうしゅく》した様な果実酒が意外にもマッチしていた。たまたま立ち寄った村では有るが、少年の命を救えた上、こんな美味しいお酒とツマミに出会えた事でティーダはご機嫌《きげん》だった。


帝都で人気の喫茶店《きっさてん》《グリモワール》のテラス席で新商品であるホットチョコレートを飲みながら、ティーダは正面に座《すわ》る《グリモワール》のオーナー、エリー・レイスにケレバンでのその後を伝えていた。

「まぁ、それで真面目くんのリーウス助祭に仕事を押し付けて帰って来たって訳ッスよ」

「ティーダ……貴女《あなた》、もう少し本音を取り繕《つくろ》いなさいよ」

「ええ、良いじゃないッスか～。エリーさんは私の事知ってるッスから言っちゃうッスけど、私、偉《えら》いッスから。面倒事は下《した》っ端《ぱ》にお任せッスよ〜」

「何言ってるのよ。上に立つ者には上に立つ者の責務が有るでしょう」

エリーが呆《あき》れた様に溜息を吐く。すると、そこに《グリモワール》のパティシエがワゴンを押す店員さんと共にやって来た。

「オーナー、例のチョコレートの用意が出来ました」

「ありがとう」

そう言うと、パティシエがティーダとエリーの前にオシャレな皿に綺麗《きれい》に飾《かざ》られた一口サイズのチョコレート菓子《がし》を差し出した。

「これは？　見た目はお店で出されているチョコレートと変わらない様に見えるッスね。お店で出されているアーモンドやドライフルーツが入ったチョコレート菓子とは違うんッスか？」

「前にティーダがチョコレートにお酒が合うと思うって言っていたでしょう？」

エリーの言葉にティーダはハッと目を見開いた。

「これはそれを研究させた物の完成品よ。砂糖の殻《から》に北大陸のウイスキーって言う蒸留酒を包んでチョコレートでコーティングしたの」

「おお！」

ティーダは皿に並べられたチョコレートを一粒摘《つぶつま》み上げてじっと見つめる。

「見た目はやはり普通《ふつう》のチョコレートだが、確かに蒸留酒特有の強い香りを感じるッスね」

「まぁ、食べて感想を教えて頂戴」

「頂くッス！」

ティーダは蒸留酒のチョコレート菓子を口に入れた。甘苦《あまにが》いチョコレートの味と、僅かな酒精が口いっぱいに広がる。そして、チョコレート菓子の中心を割る様に歯を立てると、薄《うす》い砂糖の殻が割れ濃厚な蒸留酒が流れ出し口の中で溶《と》けたチョコレートと混ざり合う。

「うっまいッス！　とっても美味しいッスよ。エリーさん！　チョコレートと蒸留酒がお互《たが》いを引き立て合い、最後に一体となる味わい！　まさに酒好きの為のチョコレート菓子ッス！」

「うん、良い出来ね。これなら貴族受けも良いでしょうね」

「これは本当に最高のお菓子ッスよ！」

皿のチョコレート菓子を一つ一つ味わい堪能しながらティーダは賞賛の言葉を並べた。

「中に入ったウイスキーの種類が違うのか、それぞれ違った味わいがあるッスね。エリーさん。このチョコレート菓子はなんて名前なんッスか？」

「名前？　まだ決めて無いわよ」

「そうなんッスか？」

「ええ。完成したばかりだから」

「ほほう。ではこのティルダニア枢機卿《すうききょう》が名を授《さず》けて差し上げましょうッス」

「え？　まぁ良いけど……」

「え！　良いんッスか？　冗談《じょうだん》のつもりだったんッスけど」

「貴女は一応このチョコレート菓子の発案者だし、一応イブリス教の枢機卿だし、聖職者に名前を貰うなら一応ご利益有るかも知れないからね」

「『一応』多くないッスか？」

「気の所為《せい》よ。それで、どんな名前にするの？」

「そうッスね～。これは責任重大ッスよ。『名付け』と言うのは大事な宗教儀式《ぎしき》ッスからね」

イブリス教ではこの世に生まれた全ての物は名前を与《あた》えられる事で神の祝福を得てその存在を世界に認められる。ティーダも聖職者として、産まれた子供の名付けを求められた事も少なくはないし、修道院でもその手の勉強は教えられた。

「しかし、この場合はチョコレート菓子への命名。商品として世に出すなら子供の名付けとはまた別の考えも必要ッスね。わかりやすくてキャッチーな名前が良いッスね。ウイスキー……チョコレート……砂糖の殻…………ん？　そう言えば砂糖の殻で何かを包むお菓

子が有った様な気がするッスね？」

「はい、北大陸で広く親しまれておりますボンボン菓子の事で御座《ござ》いますね」

ティーダの呟《つぶや》きに、静かに成り行きを見守っていたパティシエが答えた。

「ボンボン菓子……チョコレート・ボンボン……ボンボン・ウイスキー………はっ⁉閃《ひらめ》いたッス！　何処《どこ》か親しみやすく、更に耳に残る響《ひび》き！　これこそが完璧《かんぺき》なる名前ッス！」

「決まったの？」

「はい！　このチョコレート菓子の名前はズバリ！『ウイ……』」

大きく息を吸《す》い込んで名を告げようとしたティーダの鼻に、風に煽《あお》られた木の葉がひらりと舞《ま》い降《お》りた。

「……ふぇクチ！」

「なるほど。じゃあこのチョコレート菓子の名前は『フェクチ』ね」

「え？」

「お願いね」

エリーがサラサラと紙に新作のチョコレート菓子の名前を書きつけてパティシエへと手渡した。

「え？」

「畏まりました」

パティシエは一礼して早々に去って行く。

「…………あれ？」

ティーダは目の前のエリーを見つめるが、彼女《かのじょ》は何事も無かったかの様にホットチョコレートを飲んでいた。

「さて、実はティーダに協力して欲しい事があるのだけれど」

「ええ、私は帝都に帰って来たばかりなんッスよ？」

「報酬《ほうしゅう》として『フェクチ』各種詰め合わせを三箱あげるわよ？」

「協力するッス」

◆

帝都に戻って来て以来、ミーシャは毎日早朝の帝都を走っていた。ランニングを始めて約一時間、息を切らせ尻尾《しっぽ》を大きく揺らしながら帝都の高級住宅街にある屋敷へと帰ってきた。

「はぁ、はぁ、はぁ」

　息を整えた後、自室に戻ったミーシャは濡《ぬ》らしたタオルで汗《あせ》を拭《ぬぐ》って商会の制服へと着《き》替《が》える。これからミレイに従者としての仕事を教わるのだ。

「五分の遅刻《ちこく》ですよ、ミーシャ」

「も、申し訳有りません」

　準備に手間取り予定の時間に遅《おく》れてしまった。待たせてしまったミレイにミーシャは慌てて頭を下げて謝罪する。

「貴女、また朝からトレーニングしていましたね」

「……は、はい」

「はぁ、貴女は死んでもおかしくない程の重傷を負ったのですよ。まだ、激しい運動はダメだと言ったでしょう?」

「す、すみません……で、でも、私……」

　ミレイはバツが悪く目を逸《そ》らしたミーシャの頭を撫《な》でる。

「貴女の気持ちは分かります。私も同じ経験が有りますから」

「ミレイ様も……」

　ミレイはソファに座るとミーシャにも正面に座る様に促《うなが》した。ミーシャが一礼してミレイの正面に腰《こし》を下ろすと、ミレイは練習用に用意していたティーセットで紅茶を淹《い》れた。

「エリー様がハルドリア王国の貴族の出だと言うのは聞いていますね」

「はい」

「エリー様は幼少の頃《ころ》より、その才覚を発揮され、まだデビュタントも済ませる前から国政や商売などで活躍《かつやく》されておりました。私の生家も貴族だったのですが、没落《ぼつらく》してしまい、スラムで物乞《ものご》いをするか、身売りをするかと言う時に、そんなエリー様に拾われたのです」

「…………」

ミーシャはミレイの生い立ちを聞いて奴隷《どれい》となり後が無い状況《じょうきょう》でエリーに買われた自身の状況に重ねた。

「私もセドリック様の奴隷商会はまともでしたが、可能性で言えば酷《ひど》いご主人様に買われて悲惨《ひさん》な人生を送る可能性だって少なく無かった筈《はず》です。そこをエリー様に救われました。身分こそ奴隷ですが、扱いは他の商会員とほぼ変わりません。十分な休息も貰えているし、自由に出来るお金も貰えます」

だからこそ、私はエリー様のお役に立たなければいけないのです。ミーシャはその言葉を飲《の》み込んだ。だが口に出さずともミレイには伝わったようだ。

「……それから、私はエリー様のご実家で雇《やと》って頂き、従者として恥《は》ずかしくない教育を与えて貰いました。故《ゆえ》に私は、全身全霊《ぜんしんぜんれい》を掛けてエリー様に仕えようと思ったのです。そんなある日、商会の仕事の関係で、私とエリー様はハルドリア王国の王都を歩いていました。そして、そこで男達に襲われてしまったのです」

「え⁉」

「エリー様を守ろうとした私は、あっさりと捕《つか》まってしまい、私を人質《ひとじち》にされたエリー様は抵抗《ていこう》出来ずに男達に拐《さら》われてしまったのです」

驚《おどろ》いている私の視線を気にする事なく、ミレイ様は紅茶を一口飲み、話を続ける。

「そして、私は解放されました。エリー様のご実家に身代金《みのしろきん》を要求する手紙を渡せと言われて放り出されたのです。私は自らがエリー様の足を引っ張ってしまった事を悔《く》やみました。エリー様に迷惑《めいわく》を掛けるくらいなら、自ら死を選ぶべきだとも……しかし、私が手紙をご実家に持ち帰って自己嫌悪《じこけんお》に陥《おちい》っていた時、エリー様はあっさりとご帰宅されたのです」

「え？　だ、誰《だれ》かが助けてくれたのですか？」

「いいえ。エリー様は誘拐犯《ゆうかいはん》のアジトに連れて行かれた後、自ら犯人達を叩《たた》きのめして帰って来たのです」

「そ、それは……」

「そして、泣いていた私にエリー様は言いました。『泣いてないで珈琲《コーヒー》でも淹れて頂戴、ミレイはミレイに出来る事をしてくれたら良いのよ。ミレイに出来ない事は、出来る人に任せたら良いの。さぁ、私の口に合う珈琲を淹れるのはミレイにしか出来ない事なんだから』と」

「………」

「今はまだ分からないかも知れませんが、いずれミーシャにも、ミーシャにしか出来ない事が見つかる筈です」そう言って微笑《ほほえ》み、ミレイはティーカップを置いた。

「さて、では紅茶の淹れ方《かた》の練習を始めましょうか」

「は、はい！」

ミーシャは慌てて残りの紅茶を飲み干して立ち上がる。ミレイはあまり表情を表に出さないが優《やさ》しい。だけど、今日は遅刻した分少し厳しめに指導された。

お昼を過ぎた頃、ミレイの紅茶の淹れ方やマナーの指導を受け終えたミーシャは、商会の仕事をこなして居た。倉庫で在庫の確認を終え、エリーの執務室に戻り報告書を提出したミーシャに、エリーが声を掛けた。

「ミーシャ、悪いんだけど冒険者ギルドに手紙を届けて貰える？」

「畏まりました」

「届けたら今日はそのまま上がって良いわ」

「はい」


冒険者ギルドの狐人族《こじんぞく》の受付嬢《うけつけじょう》サラサが書類にサインを入れて依頼を受けた証拠である書類をミーシャに手渡した。

「はい。これで依頼は完了《かんりょう》です。引き受けてくださる冒険者が現れたらご連絡いたしますね」

「ありがとうございます。よろしくお願いします」

ミーシャは受け取った書類を肩に掛けた小さな鞄《かばん》にしまいサラサに軽く頭を下げて踵《きびす》を返した。今日の仕事はこれで終わりだ。午後からはこのまま休暇《きゅうか》を頂いている。冒険者ギルドへのお使いを終え、外に出るとまだ陽は高い。奴隷の身分ではあるが、ミーシャはエリーから働きに応じたお小遣《こづか》いを貰っており、休日には食べ歩きをしながら市場を冷やかして回るのだが、今日はどうにもそんな気分にはならなかった。各種ギルドや役所などが集まる帝都《ていと》の中心地から少し離《はな》れ、郊外《こうがい》の空き地へやって来たミーシャは短剣《たんけん》を取り出して素振《すぶ》りを始める。

「……もっと……強くならなきゃ……」

エリーは、ミーシャは護衛ではなく従者なのだから気に病《や》む事はないと言ってくれたし、ミレイは自分に出来る事をすれば良いと言ってくれた。しかし、あの場でまともに戦えるのはミーシャだけだったのだ。自分が勝っていれば……せめてルノアとアリスが逃《に》げる時間を稼《かせ》ぐことが出来ていれば、との考えがミーシャの腕《うで》に短剣を振るわせていた。

振り下ろし、斬《き》り上げ、左足を軸《じく》に半回転して横薙《よこな》ぎ、そして突き。生前の父から教わり、幾度《いくど》となく繰《く》り返してきた短剣術の基本の型。それを一心に繰り返しているといつの間にか陽は落ち、周囲は薄暗《うすぐら》くなっていた。

「猫の嬢ちゃん。こんな所で何をしてんだ？」

そろそろ帰らなくてはと考えていたミーシャを呼び止めたのは粗暴《そぼう》な雰囲気《ふんいき》の男だった。片手の酒瓶《さかびん》といい、腰に下げられたあまり手入れがされていない剣《けん》といい、陽も落ちかけた時間に少女が出くわしたならば身の危険を感じずにはいられない容貌《ようぼう》の男だ。しかし、ミーシャは動じる事はない。その男はミーシャの主人であるエリザベートの配下の一人だったからだ。

「バアル様」

いかにもアウトローと言った風貌《ふうぼう》の男、バアルはエリーの指示でハルドリア王国の王都の裏社会に潜《ひそ》んでいたが、数ヶ月前の王太子による帝国金貨偽造《ぎぞう》事件後、帝都へと来ていた。現在はトレートル商会の幹部の一人として護衛部門を任されている。

「おぅ。もうガキが一人で出歩く時間じゃねぇぞ」

「も、申し訳ありません。自己《じこ》鍛錬《たんれん》に少々熱が入ってしまって……」

「ふぅん……お前、少し時間は有るか？」

「え？　は、はい。今日は午後からお休みを頂いています」

「そうか。じゃあ、飯でも食いにいこうぜ」

バアルがミーシャを連れてやって来たのは下町の食堂だった。昼間は下町の労働者向けの安く量の多い定食屋だが、陽が落ちると酒と肴《さかな》を出す。バアルが注文し、机の上に料理が所狭《ところせま》しと並べられる。

「適当に注文したから遠慮《えんりょ》せずに食え」

「ありがとうございます、頂きます」

バアルはそのアウトローな見た目に反さず健啖家《けんたんか》で、沢山《たくさん》の料理は残す事なく二人の胃に収まる事になった。

「それで、何か悩みでも有るのか？」

バアルはミーシャに果実水を注文してやり、自分は酒精の強い酒を呷《あお》りながらそう切り出した。

「………実は」

ミーシャは先日有った誘拐事件について話す。アリスとルノアを守れなかった事、強くなりたい事、ミレイにミーシャにしか出来ない事が有ると言われた事など。

「なるほどな。お前さんは今度こそアリスやルノアを守れる様になりてぇのか？」

「はい……でも、どうすれば強くなれるのか……」

「ふん。なぁ、嬢ちゃん。『強い』ってのはどういう事なのか分かるか？」

「え？」

「嬢ちゃんが目指す強さって奴《やつ》が具体的に何なのかって事だ」

「それは……」

「何があっても確実に仲間を守れる強さなんて存在しない。どれだけ強くなったとしても、更に強い奴って言うのは存在している」

バアルは酒で口を湿《しめ》らせて続ける。

「例えば冒険者パーティって言うのはな、メンバーがそれぞれの役目を全《まっと》うする事で大きな力となる物だろ？」

「は、はい」

「斥候《せっこう》に前衛、盾《たて》役、援護《えんご》と治療。それぞれに役目が有り、誰が欠けてもダメだ。ミレイの姐《あね》さんが言っていた嬢ちゃんにしか出来ない事って言うのも、きっとそんな役割を見つけろって事だと思うぞ」

「私の役割……ですか」

「ああ。お前はまだ若い。大きな壁《かべ》にぶつかって自分の在り方に迷うのはよくある事だ。そしてその壁を乗り越《こ》えた者は強くなる。俺《おれ》から言えるのはこれくらいか。嬢ちゃんの悩みは自分で考えて乗り越える事に意味がある類《たぐ》いの物だからな」

「…………はい」

バアルの言葉はミーシャにも理解出来る。しかし、実感する事は出来なかった。ミレイの話も同じだ。二人の言葉から読み取れるのは、単純な強さを求めてもダメだと言う事。ではどうしたら良いのか、二人が言うミーシャにしか出来ない、ミーシャの役割とは何なのか。ミーシャにはまだその答えはわからなかった。

ミレイやバアルにアドバイスを受けて数日、どうしたら良いのか分からない日々が続いている。早朝から倉庫での在庫の確認《かくにん》の仕事を終えたミーシャは帝都の通りを一人で歩いていた。誘拐《ゆうかい》事件も有ったので、あまり遠くに行く事は禁じられていたが、この辺りなら衛兵の巡回《じゅんかい》も多いので問題ないため出歩く事は許可されている。本当なら今日の休みは鍛《たん》錬《れん》に充《あ》てるつもりだったのだが、それはエリーによって禁じられていた。それ故、昼を屋台で簡単に済ませた後は、特に目的も無く街をブラブラと歩いていたのだ。

「毎度、またどうぞ」

「どうもッス。また来るッスよ～」

なんだか聞き覚えの有る声にミーシャの耳がピクピクと反応する。声の方に顔を向けると、大きく開かれた酒屋の扉《とびら》から上機嫌《じょうきげん》なシスターが姿を現した。

「お！　ミーシャちゃんじゃないッスか～」

「こんにちは。ティーダ様」

シスターはミーシャの知人だった。イブリス教の聖職者のティーダは、エリーの友人だ。

「ミーシャちゃんは何で一人でこんな所に居るんッスか？」

「私は……特に何も……」

「ん、悩《なや》み事《ごと》ッスか？　なら私が相談に乗るッスよ。なんだって私はシスターさん、悩める子羊を導くのがお仕事ッス」

ティーダはそう言って胸をドンと叩いた。ミーシャは詳《くわ》しくは知らなかったが、エリーからティーダはイブリス教の中でもかなり地位の高い人だと聞いている。ならば話を聞いてもらうのも悪くないだろうと思ったミーシャはティーダに誘《さそ》われるまま近くの公園のベンチへと腰を下ろした。

「さあさあ、何に悩んでたんッスか？　神の前に告白して良いッスよ」

「えっと……それが……」

ミーシャはだんだんと相談し慣れて来た話をする。ミレイとバアルに言われた事も付け足して話すと、ティーダはミーシャの頭をポンポンと叩いた。

「若い悩みッスね。でもそうッスね。そのバアルって人の言う通り、その答えは自分で見つける物ッスね」

「ではもし、ティーダ様が私と同じ状況に陥ったらどうなさいますか？」

「ん？　友達が誘拐されそうになった場面の事ッスよね？　そうッスね……私なら人質が多少怪我《けが》してでも犯人を仕留めるッスね」

「え⁉」

「即死《そくし》さえしていなければ魔法で治療出来るッスからね。大きな街ならそれなりの治癒魔《ちゆま》導師《どうし》も居る筈ッスから。もしくは逃げるッスね」

「ええ⁉」

「相手は殺人者ではなく誘拐犯。囚《とら》われても直《す》ぐに殺される可能性は低いッス。なら逃げて仲間を呼ぶ方が良いじゃないッスか。一人で勝てないなら勝てる面子《メンツ》を揃えるのが手っ取り早いッス」

ティーダの話は確かに理解出来る回答だった。自分の実力と相手の力量、周囲の状況を冷静に判断した回答だ。

「…………私は間違《まちが》って居たのでしょうか？」

「ミーシャちゃんの行動も不正解ではないッスよ。でも、それを実行する力が足りなかったんッスね」

「ではやはりもっと強くなるしか……」

ミーシャが顔を伏《ふ》せて呟くと、ティーダは口元に慈愛《じあい》に満ちた笑《え》みを浮《う》かべてミーシャの頭に優しく手を乗せた。

「確かに強くなる為に努力をするのはいい事よ。でも相手がそれを待ってくれる事はない。人は常に今の自分の手に有る力で出来る最善を為《な》さねばならないのです」

急に雰囲気が変わったティーダに驚きミーシャは慌《あわ》てて顔を上げる。しかし、ティーダはいつもの悪戯《いたずら》な笑みを浮かべていた。

「つまり焦《あせ》る事はないって事ッスよ。ミーシャちゃんはまだまだ成長中なんッスから、失敗したり出来ない事があったりするのは当たり前ッス」

「それで良いのでしょうか？」

「良いに決まってるッスよ。何でも出来る人なんて居ないッス。ミーシャちゃんは責任感が強いみたいッスけど、もっと人を頼《たよ》るべきッスよ」

人に頼る。ミーシャはそれを甘えだと考えていた。ただでさえ今の生活は奴隷の身分には過ぎる待遇《たいぐう》だ。だが、皆《みな》はそれで良いと言う。

誰かに頼り、いつか誰かに頼られる存在。良い所を伸《の》ばし、苦手な所を誰かに頼る。ミーシャは全く分からなかった答えが僅かに光を放った様に感じた。少しだけ、ミレイやバアルの言っていた事がわかったかも知れない。

「ありがとうございます。ティーダ様。少しだけ心が軽くなった気がします」

「そうでしょう、そうでしょう。まぁ、また悩みが出来たら私に相談すると良いッスよ」

ティーダはミーシャに手を振《ふ》って機嫌良さそうに立ち去っていった。ミーシャはその後ろ姿に深く一礼して屋敷《やしき》へと足を向ける。その足取りは随分《ずいぶん》と軽い物となっていた。

◆

「冒険者《ぼうけんしゃ》になりたい？」

ルノアの話を聞いたエリーは珍《めずら》しく目を丸くしてキョトンとした顔でそう返した。

「商人になるのを辞《や》めるの？」

「いえ、私は経験を積みたいのです」

あの誘拐事件があってからルノアは考えていた。ミーシャは自分達が拐われた事をずっと気に病んでいる様で元気が無い。けれどそれはミーシャだけの責任では無い。もっと冷静に対処出来ていれば、ミーシャと協力して戦えていれば結果は違《ちが》った筈だと考えていたのだ。だがルノアは動揺《どうよう》してまともに戦え無かった。

「私に足りなかった物は経験だと思うんです。エリー会長達の指導で魔物や野盗《やとう》と戦った事はありますが、でもそれは与えられた戦いを教えられた通りに戦っただけで、自分で考えて行動した訳ではありません。だから私は経験を積むために冒険者になろうと思ったんです」

ルノアがそう説明すると、エリーは納得《なっとく》した様に頷《うなず》いた。

「ルノアの考えは分かったわ。確かにその経験はあなたの糧《かて》になると思う。でも……そうね……」

エリーは顎《あご》に手を遣《や》り考《かんが》え込《こ》む。

「うん、分かったわ。許可しましょう。ただし、依頼《いらい》の状況は細かく報告して、帝都から遠く離れる依頼は受けない事。約束よ」

「はい！」


エリーから許可を貰《もら》ったルノアは、次の休みに帝都の冒険者ギルドへとやって来た。商会の仕事で何度か来た事はあるが、今回は冒険者としての登録なので武装している。エリーから貰ったトレントと風の魔石《ませき》の魔杖《まじょう》と、昨日ミレイから手渡された魔力《まりょく》の回復を少し早める魔女《まじょ》の帽子《ぼうし》、たまたま外で出会った《鋭《するど》き切先》の治癒魔導師、リサさんに街の防具屋で見立てて貰った丈夫《じょうぶ》な布を魔物の革《かわ》で補強したローブだ。ルノアは少し緊張《きんちょう》しながらギルドの受付に進むと、狐人族のサラサさんが対応してくれた。

「あら、ルノアちゃん。会長さんのお使いかしら？」

「いえ、今日は冒険者として登録をしに来ました」

「ええ⁉」

ルノアは簡単に説明をした。

「なるほど、商会長さんも許可しているなら私が止める事は出来ないわね。でもくれぐれも気を付けるのよ」

必要事項《じこう》を記入した書類を渡《わた》し、ギルドカードを受け取る。これでルノアはFランク冒険者となった。

「ルノアちゃん。今日から何か依頼を受けるの？」

「はい。取り敢《あ》えず今日は日帰り出来る近場の薬草採取の依頼を受けてみるつもりです」

「そう。薬草採取は常設依頼だからギルドで受注手続きをする必要はないわ。採取した薬草をギルドに持ち込んでね」

「はい」

ルノアはサラサに礼を告げてギルドを出た。


帝都から近い森の浅い場所でギルドが買取をしている薬草を集める。この薬草も【物品鑑定《アイテム・アナライズ》】の為に勉強した知識の中に有り、ルノアは上手《うま》く群生地を見つける事が出来た。更《さら》に珍しいキノコや効果の高い薬草もついでに採取する。これらもギルドで買い取ってくれる筈だ。

「こんな物かな」

なるべく質の良い薬草を集めたルノアは、日が暮れる前に帝都に戻《もど》る為《ため》、そろそろ帰路に就《つ》こうと立ち上がった。すると少し先の森の中から複数の足音と悲鳴の様な声が聞こえて来た。

「なに？」

傍《そば》の魔杖に手を遣り、荷物を纏《まと》めて警戒《けいかい》していると森の中からルノアと同年代くらいの冒険者達《ぼうけんしゃたち》が飛び出して来た。片手剣と盾を持った少年と槍《やり》を持った少年、弓を手にした少女の三人だ。見ればゴブリンの群れに追われている。僅かな逡巡《しゅんじゅん》の後、ルノアは魔法を詠《えい》唱《しょう》しながら走り出した。

「【風刃《エア・スラッシュ》】」

魔杖の先端《せんたん》に付けられた風の魔石によって増幅《ぞうふく》された魔法が、三人の冒険者に迫《せま》っていたゴブリンの群れの先頭に直撃《ちょくげき》する。群れの最前列に居たゴブリンを真っ二つにし、数体のゴブリンを負傷させる。

「な、何だ⁉」

「走って！　こっち！」

ルノアが叫《さけ》ぶと、こちらに視線を向けた三人が慌てて駆《か》けて来る。

「荒野《こうや》を走る疾風《しっぷう》　荒《あら》ぶる風を束ねて剣を打ち　吹《ふ》き抜《ぬ》ける烈風《れっぷう》は数多《あまた》の切先となる【風連刃《エア・シリアル》】」

正面に浮かび上がった魔《ま》法陣《ほうじん》から幾《いく》つもの風の刃《やいば》が放たれ、三人の背後を追うゴブリンを切り裂《さ》いて行く。

「わ、悪い、助かった」

「まだです！　体勢を立て直してください！」

三人は慌てて武器を構え直した。残りのゴブリンは六体程《ほど》、四体が棍棒《こんぼう》持ちで、弓持ちと杖《つえ》持ちが一体ずつ居る。

「【強風《ストロング・ウィンド》】」

無詠唱で唱えた魔法《まほう》は強い風を起こすだけの物だ。足止めと言う程の効果は無いが、僅かにゴブリンの速度を落とし、弓持ちが放った矢を逸らすには十分な効果だった。

「うぉぉお！」

剣と盾を持った少年がゴブリンに駆け寄り、棍棒を盾で受け止め肩《かた》から袈裟《けさ》懸《が》けに斬りつける。仲間を殺されたゴブリンが少年に向かうが、少年は無理に留《とど》まる事なく退《さ》がり、槍を構えた少年が入れ替《か》わる様に前に出た。槍がゴブリンの首の中心を穿《うが》つ。槍に突《つ》き刺《さ》さったゴブリンを蹴《け》り飛ばし、その隙《すき》を突く様に動いた二体のゴブリンに少女が矢を射る。一体は額を射《い》貫《ぬ》き仕留めるがもう一体は肩に矢が突き立ちひっくり返る。直ぐに起きあがろうとしたが少年が槍の石突《いしづ》きで頭を叩き潰《つぶ》した。

「グギャア！」

杖持ちのゴブリンが叫ぶと炎《ほのお》の塊《かたまり》が勢い良く迫る。三人はゴブリンの魔法に驚き足を止めてしまうが、ルノアは既《すで》に準備していた魔法を発動する。

「【風壁《エア・ウォール》】」

風の障壁《しょうへき》に阻《はば》まれた炎は数秒で掻《か》き消える。

「矢を！」

「はい！」

少女が弓に矢を番《つが》えて引き絞《しぼ》る。

「敵を射貫く鏃《やじり》に風の祝福を……」

「ギギョォ！」

「させるか！」

ルノアを狙《ねら》って放たれた矢は少年の盾で弾《はじ》かれ、弓持ちのゴブリンは大回りで接近した少年の槍で討《う》ち取られる。

「【風属性付与《エンチャント・エア》】」

風の魔法を付与した少女の矢は高速で空を駆け、杖持ちのゴブリンの額を撃《う》ち抜いた。

ゴブリンの奇声《きせい》が無くなり、周囲は元の静けさを取り戻していた。

「はぁ、はぁ、か、勝ったのか？」

「もう……居ないようだ」

「た、助かったの？」

三人は安堵《あんど》の息を吐《は》き出すとルノアの方へとやって来た。

「助けてくれてありがとな。俺はレス。こっちの槍使いがリオ、弓使いがイーアだ」

「助かった。礼を言う」

「ありがとう。君は命の恩人だよ～」

「私はルノアです。私も一人であの数は厳しかったから、共闘《きょうとう》出来て良かったよ」

ルノア達は討伐《とうばつ》したゴブリンから取り敢えず討伐証明の右耳を切り取り、穴を掘《ほ》って死体を燃やし、帝都へと戻った。門を通り、ようやく落ち着いた所で三人に改めてお礼を言われた。

「本当にありがとな！　ルノアのお陰《かげ》で命を拾ったぜ」

「凄《すご》い魔法だった」

「そうだよね～。同じFランクなのに凄く冷静だったし～」

「私は訓練を付けて貰っていたから」

冒険者ギルドへと向かう道を三人と話しながら歩く。レスとイーアは同じ村の出身で、冒険者になって一旗揚《ひとはたあ》げる為に帝都に出て来て、同じ境遇《きょうぐう》のリオと出会いパーティを組んだらしい。そしてギルドで訓練を積んでいざ木の実集めの依頼を受けたら、ゴブリンの群れに遭遇《そうぐう》してしまったそうだ。ギルドでそれぞれの依頼を完了し、ゴブリンの討伐報酬《とうばつほうしゅう》を受け取って四人で等分した。三人は遠慮しようとしたが、ルノアは四人で戦ったのだからと等分にしてもらった。冒険者の報酬は平等に分配するのがトラブルを避《さ》ける方法だと聞いた事があるからだ。報酬関連の事柄《ことがら》を終わらせるとレスが改まった様子で声を掛《か》けて来た。

「なぁ、ルノア。もし良かったら俺達《おれたち》のパーティに入ってくれないか？」

「パーティに？」

「ああ、ルノアが加わってくれれば百人力だ！」

「心強い」

「うん。どうかな～？」

その誘いにルノアは少しだけ驚いたが、直ぐに断りを入れる。

「ごめんなさい。私は本業で商会の仕事もしてるからパーティに入るのは無理かな」

「そうなんだ～。残念」

「無理《むり》強《じ》いは出来ない」

「だな、残念だが諦《あきら》めるか。でも、もし時間が取れたら一緒《いっしょ》に依頼を受けようぜ」

「うん、それなら」

その後、ルノア達は冒険者ギルドに併設《へいせつ》している酒場へと移動した。三人が助けて貰ったお礼として、食事を奢《おご》ってくれると言うので、有《あ》り難《がた》く頂く事にした。皆で今日の日替《ひが》わり定食のオーク肉の香草《こうそう》焼きとボイル野菜のセットを食べながら、これからの冒険《ぼうけん》の話に花を咲《さ》かせていた。

「そんでさ。その冒険者の先輩《せんぱい》がスタンピードの戦いに参加した時は『波』の間隔《かんかく》がすげー短かったらしいんだ」

「『波』？」

「ああ。スタンピードってのにはダンジョンから魔物《まもの》が吐き出されるタイミングってのがあるんだ」

「その間隔を『波』って言うんだよ～」

「『波』の間隔はダンジョンの階層が広ければ広い程長くなる」

「まぁ、俺達はまだ経験した事ないから全部先輩の受け売りなんだけどな」

「へぇ、その先輩は帝都の冒険者なんですか？」

「ああ、色々と教えて貰ってるんだ。今回も先輩からポーションは無理してでも買っておけって言われてなかったらルノアと出会う前に死んでたぜ。またポーションを買い直さないとな」

「やっぱ効果の高いポーションは必須《ひっす》だよ～」

「だが金が無い」

「ゴブリンと遭遇した時に虎の子《とらのこ》のポーションを使ってしまったからな。新しいポーションを買ったら今回の報酬の大部分が飛んじまうぜ」

「ポーションか………そうだ！　私、良いお店知ってるよ」

「なに！　本当か？」

ルノアはレス達を連れてギルドを出ると大通りから一本裏へと入り、少し歩く。

「この辺りは来た事がないな」

「そうだね～。マイナーなお店や上級冒険者向けのお高いお店が多いから～」

「俺達みたいな駆け出しは用がないよな。本当に此処《ここ》にお得なポーションを売っている店なんて有るのか？」

「ふふ、着いてからのお楽しみだよ」

この情報は先日エリーから聞いたばかりの最新の物なので、まだ殆《ほとん》どの人は知らないだろう。そうこうしている内に、ルノア達は一軒《けん》のお店の前に到着《とうちゃく》した。古い雑貨屋を改装したその店は一見、何処《どこ》にでも有る薬屋に見える。二階建てで一階が店舗《てんぽ》、二階は倉庫と店主の自宅となっている小さな店だ。

「ちょ、此処って……」

「聞いた事あるよ～」

「知ってる」

三人は店の看板を見て固まっていた。ドアに掛けられたOpenの文字が書かれた看板には、止まり木で羽を休める鳥の絵が描《えが》かれており、そのすぐ下に《雷鳥《らいちょう》の止まり木》と店名が記されていた。

「おい、ルノア！　此処ってあの有名な《雷鳥の止まり木》だろ？」

「そうだよ」

「帝国《ていこく》一の薬師のお店だよね～。確か上級冒険者の人が万が一の為に用意する様な最上級ポーションを売ってる超高級《ちょうこうきゅう》店だよ～」

「買えないぞ」

「大丈夫《だいじょうぶ》、大丈夫」

ルノアは予想通り驚く三人の顔を見て満足気に笑い、二の足を踏《ふ》むレス達の背を押《お》してお店のドアを開けた。

「いらっしゃいませ」

「こんにちは」

店の中は濃《こ》い薬草の匂《にお》いが漂《ただよ》っていて、正面にカウンターがあり、左の壁一面に薬や薬草などが所狭しと並べられていた。右側には応接テーブルと何に使うのか分からない道具が丁寧《ていねい》に納められた棚《たな》が有る。

「あ、ルノア。いらっしゃい」

「ごめんね、リリ。忙《いそが》しかった？」

カウンターに居たのはルノアと同じ歳《とし》の人族の少女だ。彼女《かのじょ》はこの店の店主である帝国一の薬師《漆黒《しっこく》》ユウカ・クスノキの弟子《でし》、リリ・アマリスだ。何度かエリーの使いで、このお店を訪《おとず》れたルノアは、彼女とも仲良くなっていたのである。そんなリリはカウンターで店番をしながら、乾燥《かんそう》した木の実の殻《から》を剥《む》いていたのだが、リリは直ぐにそれを片付けてしまった。

「別に忙しくないよ。時間があったからトナの実の下処理をしていただけだから。それで、そっちの三人は友達？」

「うん。前に私、冒険者になりたいって言ったでしょう？　今日、ギルドに登録して薬草採取に行った外の森で出会って共闘したんだ」

「へぇ、怪我は無かった？」

「大丈夫。それで彼《かれ》らは手持ちのポーションを使い切ったみたいなの。それでリリが言っていた件を思い出してね」

「ああ、アレね。ちょっと待ってて」

そう言い残し、リリはカウンターの奥《おく》の扉へと姿を消してしまった。

「お、おい、ルノア。いくら何でもこんな超高級店じゃ買えないぞ？」

レスが心配そうに尋《たず》ねる。イーアとリオは棚に並べられたポーションの値段を見て呆然《ぼうぜん》としていた。そこに陳列《ちんれつ》されているポーションは一番安い物でも、Fランクの冒険者が半年、懸命《けんめい》に働いても手が出せない様な高級品だ。

「お待たせ」

そこにリリが木箱を抱《かか》えて戻って来た。その木箱をカウンターに置くと蓋《ふた》を開けて見せる。中には低級ポーションや低級解毒《げどく》ポーション、低級魔力ポーションなどの魔法薬や、火傷《やけど》薬、解熱《げねつ》薬、痛み止めなどの薬が保管されていた。

「この木箱のヤツは一つ銀貨一枚で良いよ」

「えっ！　本当か⁉」

「低級ポーションで銀貨一枚は少し高いけれど、店主のユウさんが作った低級ポーションなら軽く銀貨八枚はするよ。そこいらの中級ポーションよりも効果が高いから」

「でもそれを売ると市場が乱れるから師匠《ししょう》はあまり安い薬は作らないんだ。この箱の中のは私が作った薬だよ。最近、師匠が許可してくれた物ならお店で売って良いって言って貰ったの」

「ユウさん程では無いけど、リリの作ったポーションでも他のお店の低級ポーションより上質だよ」

リリのポーションはユウ程、常識を逸脱《いつだつ》した効果では無いけど、それでも十分高品質の出来だ。ルノアがそう説明すると、三人は一本ずつ低級ポーションを購入《こうにゅう》する事に決めた。駆け出しの冒険者にとって銀貨一枚はなかなかの出費だが、いざと言うときにポーションが有るのと無いのとでは大違《おおちが》いだ。ルノアは鑑定魔法《かんていまほう》を使って、特に出来の良い三本の低級ポーションを取り出した。

「相変わらず便利だね【物品鑑定】の魔法は」

リリは苦笑《くしょう》しながら木箱の中から魔法薬では無い傷薬を三つ取り出す。

「これはオマケね。三人は私の初めてのお客さんだから」

「ありがと〜」

「恩に着る」

「もっと稼いでまた買いに来るぜ」

ポーションを購入し、四人はリリに別れを告げてお店を出る。大通りまで歩くと、拠点《きよてん》にしている安宿に向かう三人と屋敷に戻るルノアは別れる事になる。

「じゃあな、ルノア。今回は助かったぜ」

「いい店も教えて貰った」

「また、一緒に冒険しようね～。約束だよ～」

「うん、約束するよ」

こうしてルノアの初めての冒険は終わった。後にルノアは、商会での仕事の傍《かたわ》ら約束通り彼らと数々の冒険を経験するのだが、それはまだ先の話である。

◇

「エリー様。ご要望の人員の目処《めど》がたちました」

「そう。ご苦労様」

ミレイに頼《たの》んで集めた者達のリストを確認する。バアルを始めとした私の配下、ティーダやエルザ達、ルノアの知り合いの冒険者などを含《ふく》めたそのリストには実力より人格的に信用できる者をと依頼した人物の名前が並んでいる。

「あの……エリー様のお気持ちは理解できるのですが、少々過剰《かじょう》では？」

「何を言っているのよ。つい先日あんな危険な目にあったのだから万全《ばんぜん》を期さないと」

「いえ、それは勿論《もちろん》わかりますが……帝都の中心部ですよ？」

ミレイは少し呆《あき》れた様な顔をしたが、私は今回の計画には一切《いっさい》の手抜《てぬ》きをするつもりはなかった。流石《さすが》に帝都の中心部で前回の様な犯罪組織による誘拐は考えづらいが、アリスは可愛《かわい》いのだ。万が一にも変質者や馬鹿な貴族に目をつけられてはいけない。

私は机に広げられた帝都の地図に、作戦に必要な情報を書き込む作業へと戻った。

◆

ミレイ・カタリアの朝は早い。空が白み始めた頃《ころ》には既に身支度《みじたく》は終え、屋敷を任せている使用人頭や侍従《じじゅう》頭を集めてミーティングを行う。これらは既にミレイの仕事では無いのだが、エリーの周囲は信頼《しんらい》できる者で固めているので人数が少ない。ミレイが一人で全てを把握《はあく》する事はできないので、目に入らない様な雑事を把握する為に必要な事だった。

「報告は以上です」

「分かりました。では本日の業務もよろしくお願いします」

ミーティングを終えた後は一旦《いったん》自室に戻り所用を済ませるがそれは表向きの話だ。実際には裏向きの仕事を任せている者達からの報告を聞き、指示を出す時間だ。自室の扉を閉めると部屋の角に気配を感じる。

「報告を」

「はっ！　昨夜、屋敷に侵入《しんにゅう》しようとした暗殺者数名を捕《と》らえました」

「素性《すじょう》はわかっていますか？」

「はい。ラウリア商会の手の者です」

「狙いはエリー様ですか？」

「いいえ。どうやら金庫の化粧品《けしょうひん》のレシピ類を狙っていた様です」

「そうですか。なら始末する程ではないですね。衛兵に突き出しておいてください」

「畏《かしこ》まりました」

気配が音も無く立ち去ったのを確認してミレイは息を吐き出した。今回はこそ泥《どろ》の類《たぐ》いだったが、まだエリーを狙う者は少なくない。主に商売敵《しょうばいがたき》の大商会や既得《きとく》権益を脅《おびや》かされた貴族などが送り込んでくる暗殺者だ。屋敷の警備を抜けても、ミレイが配置している暗部の者達に捕らえられて終わるのだが、ごく稀《まれ》にエリーの近くまで迫る者もいるので油断は出来ない。

「朝食まで少し時間がありますね」

朝のルーティンがスムーズに進むと、偶《たま》にこの様に時間が出来る事がある。そんな時、ミレイは紅茶を楽しむ事にしていた。自室の一角に設《しつら》えた食器棚《しょっきだな》に綺麗《きれい》に並べられたティーセットから、ケレバンで購入した茶器を選び取り出す。帝国や王国のスリムでシンプルな茶器とは違い、砂漠《さばく》の先の国からの輸入品であるこの茶器には花や小鳥が描かれており、実に華《はな》やかだ。隣《となり》の棚を開くと、そこには多種の紅茶や薬茶、コーヒーなどが収められている。

「今日はアールグレイの気分ですね」

紅茶の中から一つを選び出して丁寧に淹《い》れる。香りを楽しみながら朝のひと時を過ごした後、いつも通り、商会の仕事とエリーの側仕え、ミーシャ教育と忙しく働くと直ぐに夕方となってしまった。商会の仕事はもう終わっているが、屋敷の管理の仕事は残っている。それらの仕事をこなす前に休息室で小休止をとっていると執事《しつじ》長のアルノーが姿を見せた。

「お疲《つか》れ様《さま》です。ミレイさん」

「お疲れ様です。アルノーさんも紅茶は如何《いかが》ですか？」

「ありがとうございます。頂きます」

上級使用人用の休息室でアルノーと共にテーブルについたミレイは手ずから淹れた紅茶

とアルノーが購入してきた帝都《ていと》でも有名なパティスリーのクッキーを囲み、香り高い紅茶の風味を含む息をゆっくりと吐き出すと、不意に先日の事を思いだす。

ケレバンから帝都に戻って直ぐ、エリーからの命令で動いていたバアルが帝都へと到着していた。ミレイが報告を聞く為にバアルの待つ部屋に入ると彼はソファに腰《こし》を沈《しず》めて待っていた。

『お待たせしました』

『いやいや、大して待っちゃいねぇよ。お嬢《じょう》は居ないのか？』

『バアル。何度も言いますが、エリー様と……まぁ、言っても無駄《むだ》ですか。エリー様は店舗への視察に行っているので、代わりに私が報告を聞きます』

『そうかい』

バアルは焼き菓子《がし》を口に放《ほう》り込み、冷めた紅茶で流し込んでから口を開く。

『お嬢の計画通りロックイート男爵《だんしやく》領で領民と男爵の対立を煽《あお》り、民衆の不満がピークになった所で火蓋《ひぶた》を切ってやれば簡単な反乱に発展したぜ。その後は混乱に乗じて領主の屋敷に潜入《せんにゆう》、ロックイート男爵を殺して撤退《てつたい》した。その時、工作ついでに奪《うば》った金貨は後で金庫に放り込んでおく』

『分かりました。金庫に入れるのは半分で構いません。残りは貴方《あなた》と配下で分配して下さい』

『そりゃ有《あ》り難《がた》い。奴《やつ》らも喜ぶ』

『それと一応聞きますが、誰《だれ》かに目撃《もくげき》されたりはしていませんね？』

『ああ、目撃者は全て始末した』

『そうですか、エリー様には私から報告を上げておきます。貴方は三日程休息に当て、その後は別命が有るまで商会の警備部で仕事をお願いします』

『りょーかい』

　最後の焼き菓子を口に入れ、バアルはミレイに視線を向ける。

『なぁ、ミレイの姐《あね》さん。本当にこんなやり方で良いのかい？』

『何ですかバアル、エリー様の計画に何か不満でも有るのですか？』

『別に不満は無いさ。俺《おれ》もお前さんと同じ、腐《くさ》って潰されるだけだった所をお嬢に拾われた口だからな。お嬢の命令なら何だってやるし、誰だって殺す。配下の奴らも同じだ。だが、こんな事を長く続けていては、お嬢の精神が保たない。ミレイの姐さんも気付いているだろ？　お嬢は困っている奴には優《やさ》しく手を差し伸べるが、報復の為なら身内以外に多大な犠牲《ぎせい》が出ても気にしない。そんな矛盾《むじゅん》を抱えているのに、自分で気付いて無いんだぜ。

最近、お嬢はどんどん手を広げて勢力を拡大している。それはハルドリアのクソ共への報復の為だろうが、そんなことだけに人生を注《そそ》ぎ込んで何になるって言うんだ？』

『それは……』

『別に報復を止《や》めたら良いって言っている訳じゃねぇよ。ただもう少し余裕《よゆう》っつーか、せっかく王国から解放されたんだから人生を楽しんだ方が良いと思うぜ』

言いたい事を言い切ったバアルは冷めてしまった紅茶を一気に飲み干した。

『私も……エリー様の抱える矛盾に気付いていない訳では有りません。ですが、王国への復讐《ふくしゅう》を終えれば……』

『復讐を終えてスッキリしたら後は自分の人生を生きる。ってなれば良いけどな。もしそこで燃《も》え尽《つ》きちまったら？　もし復讐心で隠《かく》されていた罪悪感が芽を出したら？　その時、お嬢の支えになる物は有るのか？』

『それは…………』

『俺達が支える。と口に出せたらカッコいいんだろうけどな。だがお嬢は俺達数人で支えられる程軽い器《うつわ》じゃない』

バアルは席を立つ。

『じゃあ、報告は以上だ』

『ご苦労様です。エリー様の件、私も少し考えてみましょう』

『ああ、任せるよ。ミレイの姐さんなら、何かお嬢に新しい生《い》き甲斐《がい》や、人生の楽しみ方を気づかせる事が出来るかも知れねぇ。何か俺に出来る事が有ったら言ってくれよ』

『ええ。分かりました』


「どうかされましたか？」

はっとして顔をあげるとアルノーが心配そうにミレイの顔を覗《のぞ》き込んでいた。

「ああ、少し前にバアルに言われた事を思い出していました」

ミレイはアルノーの顔を見返す。アルノーは貴族に長く仕えていた執事であり、エリーからも信頼されている。そこでミレイは最近のエリーの事についてアルノーに相談してみる事にした。ミレイが抱える不安を聞いたアルノーは一度頷き、椅子《いす》に深く座《すわ》り直す。

「確かにそうですね。王国にいた頃……エリザベート様だった頃がエリー様にとって良かったとは思いませんが……今のエリー様は……活力に溢《あふ》れている反面、精神的に不安定にも見えますね」

「エリー様は王国に残虐《ざんぎゃく》な報復を行いながら帝国の人々の不幸に心を痛めて施《ほどこ》しをする。別に二面性を持つのは問題では有りません。その二面性を一切自覚していないのが問題なのです」

「確かにエリー様は自らを裏切った王国の民がどれほど苦しもうと気に留める事はないですが、一方で弱い立場の者にかつてと変わらず慈愛の手を差し伸べていますね」

「その心のバランスが崩《くず》れる時がいつかやって来ます。その時、エリー様の精神が耐《た》えられるのか……。やはり、なんとかしなければいけないでしょうか」

「今はアリス嬢が心の支えになっている様に見えます。このままアリス嬢やルノア嬢、ミーシャ達《たち》やご友人との交流を深め、普通《ふつう》の生活の中で生き甲斐を見つけて頂ければいいのですが」

少し寂《さび》しげにこぼすアルノーに頷き返す。

「エリー様に復讐心を自覚させたのは私です。そんな私が言うのはおかしな事かも知れませんが、エリー様には幸せになって欲《ほ》しいのです」

「あのまま王国に居ればエリー様は王族や公爵《こうしやく》家に使い潰されていたでしょう。貴女《あなた》が間《ま》違《ちが》っていたとは思いませんよ」

アルノーは主人の前では決して見せない弱気な顔のミレイに優しく微笑《ほほえ》み空になったカップに新しい紅茶を注ぐのだった。

「失礼いたします」

　ノックの後、入室の許可を貰い扉《とびら》を開くと執務室《しつむしつ》では、エリーが数人の商会員と共に帝都の地図を囲んで話し合っていた。

「エリー様」

「あら、ミレイ。ちょうど良い所に来たわね」

「どうされたのですか？」

「アリスのお使い作戦の動きを確認《かくにん》していた所なのよ」

「そうでしたか」

　既に一週間掛けてバアル達が市場周辺から浮浪者《ふろう》や裏社会の者達を追い払《はら》っており、当日にはトレートル商会のスタッフやティーダ、《鋭き切先》のマルティなどの信頼できる冒険者を市場の周辺に配置する予定だ。

「もしアリスが途中《とちゅう》でお使いのメモを失くしたらどうしようかしら？」

「周囲のスタッフに予備のメモを持たせて置きましょう」

「良い考えね」

　エリーは早速《さっそく》指示を出し始め、それからもアリスの初めてのお使い作戦の詳細《しょうさい》を詰《つ》めて行った。それが一段落すると、ミレイはエリーに人払《ひとばら》いを頼み、一通りの報告を終えるとミーシャが執務室に居る者達にコーヒーを淹れた。

「あら。コーヒー豆を替《か》えたの？」

エリーの質問にミレイは淀《よど》みなく答える。

「はい。こちらは最近ハルドリア王国の南部にある属国で栽培《さいばい》が始まった豆です。まだ高価ではありますが南大陸からの輸入品よりも安価ですね。味も確認はしましたがお口に合わない様なら今後はお出ししませんが？」

「いいえ。構わないわ。これはこれで悪くないわよ」

エリーは新しい豆のコーヒーを飲みながら思い出した様に口を開いた。

「ねえ、ミレイ」

「はい？」

「貴女、午後からお休みだったわね？」

「はい、この報告が終われば業務は終了《しゅうりょう》です」

「そう、最近忙しかったから、ゆっくりして頂戴《ちょうだい》」

「ありがとうございます。久しぶりに帝都のお店を見て回ろうと思います。所で、エリー様はお休みなどは何をされているのですか？」

「私？　私は………商品開発や市場調査かしら？」

「それは仕事ですよ」

「そ、そうよね……」

「偶にはご友人とご親睦《しんぼく》を深めては如何ですか？」

「………そう、ね。それも良いかも知れないわね」

エリーは少し意外そうな顔をした後、少し考え込んでからそう結論した。


昼を少し過ぎた頃、ミレイは一人で帝都の通りを歩いていた。大通りから少し離《はな》れたこの辺には、小物屋やアンティークショップなどが軒を連ねている。

「こんにちは」

「あら、いらっしゃいミレイちゃん」

行きつけのアンティークショップの店主のご婦人が笑顔《えがお》で声を掛けて来る。

「ミレイちゃんが好きそうなの、入荷《にゅうか》したのよ」

「本当ですか？」

手招きする店主に近づくと、店主はカウンターの後ろの棚からティーセットを取り出した。

「コレは……硝子《ガラス》製ですか」

「そう、東の島国からの輸入品でね。ほら、硝子に切り込《こ》みで模様が入っているでしょう？　東の島国の職人が手掛《てが》けた品だそうよ」

薄《うす》く色の入った硝子に、幾つもの線が走り模様が描かれていた。

「コレはもしかして……」

「ふふ、気が付いた？　実はこの模様が魔法陣になっていてね。お茶を適温で保つ事が出来るのよ」

「凄いですね。確かにそう言った効果を持つ茶器のマジックアイテムは有りますが、どれも見えない所に魔法陣を隠しているのが普通で、この様に魔法陣を模様として描《か》き込んだ物は初めて見ました」

「どうだい？　硝子の輸入品はなかなか入って来ないよ」

「おいくらですか？」

「そうさね……金貨六枚と言いたい所だけど、ミレイちゃんはお得意さんだからね。金貨五枚と銀貨五枚でどうだい？」

「むむ……悩《なや》みますね」

茶器の値段としては相当に高い。だが壊《こわ》れやすい硝子製で東の島国から帝国まで運ばれて来た事と、マジックアイテムである事を考えると妥当《だとう》な値段である。そして何よりミレイには購入出来るだけの余裕があった。

「買いましょう」

「じゃあ商談成立だね」

「流石に持ち合わせては無いので、支払《しはら》いと引き取りは明日でも良いでしょうか？」

「構わないよ。売約済みにしておくよ」

「ありがとうございます」

実に良い買い物をしましたとミレイは機嫌《きげんよ》良く何軒かお店を回り、趣味《しゅみ》の関係で知り合った友人が営む茶屋で気に入っている茶葉を購入した時には、太陽は沈み薄暗《うすぐら》くなり始めていたので屋敷《やしき》へと戻る事にした。


「う〜ん？」

屋敷の居間に入るとエリーが腕《うで》を組んで首を傾《かし》げていた。

「どうされたのですか？」

「ミレイ？　お帰り」

「ただいま戻《もど》りました。それで何を悩まれて居るのですか？」

「ええ、今日ミレイが言ったじゃない？　友人と親睦を深めた方が良いって」

「はい」

「それで考えていたんだけど、親睦を深めるって何をすれば良いのかしら？」

「それは……」

エリーは生まれた時から王太子の婚約者《こんやくしゃ》として貴族社会の中心で生きてきた。当然、エリーの一挙手一投足は意味を持つ事になる。幼少からエリーの交友関係には全て政治的な配慮《はいりょ》が必要とされて来たのだ。その様な利害関係などを考慮《こうりょ》しない、普通の交友関係が分からないのだとミレイは気がついた。

「やっぱりアレかしら？　夜会を開いて情報交換《こうかん》とか……」

「エリー様。それは交友ではなく社交です」

「むむむ。それならミレイには友達は居るの？」

エリーは少し拗《す》ねた様に唇《くちびる》を尖《とが》らせて言う。この様な表情も王国にいた頃は見せる事は無かったなとミレイは思いながら答える。

「勿論、友人はいますよ。主に趣味の仲間ですが」

ミレイが言うとエリーは目を見開いて驚《おどろ》いていた。

「なぜ私に友人が居るのをそんなに驚くのですか？」

「ま、まさか、ミレイにちゃんと友人が居たとは……」

あまり社交的とは言い難《がた》い性格のミレイだが、貴族家の使用人としてそれなりのキャリアがあるので人付き合いもある程度仕込《しこ》まれていた。

「エリー様、取り敢《あ》えずご友人と何かされたらよろしいのでは？」

「何かって？」

「そうですね。ショッピングとかランチとかでしょうか？」

「なるほど……そうね！　私ももう人の顔色や利害関係とかを気にしなくて良いのよね」

明日のアリスのお使いの後はエリーの交友に関して作戦を立てる事になりそうだと思ったミレイだったが口には出す事はなかった。

◆

「アリス」

アリスの名前を呼ぶ声が中庭に響《ひび》いた。

「は～い」

アリスが声のした方に振《ふ》り返ると、エリーとミレイが中庭へと足を踏み入れるところだった。エリーの姿を見たアリスが満面の笑《え》みで駆《か》け寄ると、エリーはアリスを抱《だ》き上げて頭を撫《な》でた。髪《かみ》に結んでいるルノアやミーシャとお揃《そろ》いのリボンが揺《ゆ》れる。エリーはアリスの頭を撫でながら言う。

「実はアリスにお願いが有るの」

「なに?」

「市場の場所は分かるでしょ? 幾《いく》つか必要な物が有るのだけれど、ママ達はちょっと忙しくて買いに行けないの。だからアリスにお使いに行って欲しいの」

「一人で?」

「ええ、出来るかしら?」

「うん!」

エリーから初めて仕事を任されたアリスは元気に返事をした。

エリーから買い物のメモを手渡《てわた》されたアリスは、お金が入った鞄《かばん》を肩《かた》に掛け、鍔《つば》の広い帽子《ぼうし》をかぶって屋敷を出た。エリーの屋敷は貴族街に近い高級住宅街にある為《ため》、この周囲は衛兵の巡回《じゅんかい》も多く治安は良い。今回の目的地の市場も人通りが多く危険は少ない場所を選んでいた。事前に何度かエリーに連れられて市場に足を運んでいたアリスだったが、いつの間に見覚えがない道へと迷い込んでいた。人は多く危険な雰囲気《ふんいき》はないが、小さな不安がアリスの胸に宿る。

「あ、あれ？」

少し慌《あわ》てたアリスだったが、パニックになる事はなく、深呼吸をしてから落ち着いて周囲を観察する。すると近くに居た長い金髪《きんぱつ》の女の人が衛兵に話しかける声が聞こえた。

「衛兵さん。ちっと聞きたいッス……少々お尋ねしたいのだけれど良いかしら」

「はい、どうされました？」

「市場の場所を教えて貰《もら》いたいッス……貰いたいのですわ」

「ああ、市場でしたら一本隣の通りの先ですよ。この先を右に曲がれば直《す》ぐです」

「そうでしたか。一本隣の通りでしたか。一本隣の通りとは気付きませんでした。この先を右！　右に曲がるのですね」

「え、ええ、そうですよ」

女性と衛兵の会話を聞いたアリスが視線を通りの先に向けると、少し先に大きな十字路が有る。そこを右に曲がると市場に行けるようだ。立ち聞きした通りに進むと見覚えがある場所に出た。多くの店が集まり威勢《いせい》の良い呼び込みの声が上がる。

「えっと……」

メモを取り出し、そこに書かれている物を一つずつ買って行く。

「後は……あれ？　メモが無い！」

八百屋でいくつかの野菜を購入し、次に茶葉を買ったのだが、そこでアリスは自身のポケットに入れたはずのメモが無い事に気がついた。アリスは慌てて周囲を見回すが、人が多すぎて小さなメモを見つける事が出来ない。

「君」

動揺《どうよう》するアリスに声を掛《か》けて来たのは大柄《おおがら》な男だった。男は冒険者《ぼうけんしゃ》風の装備を身につけており、顔は仮面で分からない。一見怪《あや》しいけれど、冒険者の中には顔の傷を隠す為に仮面を着ける人も居るし、こんなに人の多いところで何かされる事は無いだろうが、アリスは少しだけ警戒《けいかい》する。

「これを落としたぞ」

「あ！」

男の人が差し出したのはアリスのメモだった。アリスが男からメモを受け取る。

「お使いか？　気をつけてな」

「はい、ありがとうございます」

男は仮面の所為《せい》でくぐもった声でそう言ったのでアリスがお礼を伝えていると、市場の反対側から来た少し柄《がら》の悪そうな男達が仮面の男に話しかけた。

「あれ？　それ昨日用意していた仮面ですか？　それにその格好……一体どうしたんですか、バア……ごふ⁉」

仮面の男が柄の悪そうな男の腹にパンチを入れた。手加減はしたみたいで、柄の悪そうな男は腹を押さえて不思議そうな顔をしており、仮面の男が耳元でヒソヒソと何かを話すと、そそくさと早足で何処《どこ》かに去っていた。

「あ、あの……」

「気にしないでくれ、あいつは……友達なんだ。少しふざけていただけだ」

「そ、そうなのですか」

「ああ、じゃあな。気を付けて行けよ」

そう言って仮面の男は去っていった。

「……………あの人、どこかで……まぁ、いいか」

アリスがメモを見ると、なんだか最初のメモと少し違《ちが》う様な気がしたが、書かれている物は同じだから気のせいだろうと、メモに書かれていた残りの物を買って屋敷に帰った。


「ママ！」

「アリス、おかえり」

アリスは買って来た物をミレイに渡《わた》して、両手を広げるエリーの胸に飛び込んだ。

「ちゃんとお使い出来たかしら？」

「うん！」

アリスは一人でお使いが出来た事を誇《ほこ》らしげに報告するのだった。

◆

目の前の書類に目を通して、最後にサインを入れる。既《すで》に朝からずっと続けている動作を繰《く》り返しながら、偶に混ざるミスやミスに見せかけた不正を見つけては抜《ぬ》き出して行く。

「アデル様、例の件の報告書です」

「ありがとう、ロゼリア」

アデルはロゼリアから書類を受け取りサッと目を通した。

「ふぅん、やっぱりおかしいね」

「はい、先日のロックイート男爵領での反乱には扇動《せんどう》された形跡《けいせき》が有りますわね」

「武器の流れもおかしいね。しかも王太子の婚約者の実家の領地。偶然《ぐうぜん》にしては出来すぎているよ」

疲労《ひろう》を誤魔化《ごまか》す様に眉間《みけん》を揉《も》むアデルは、王国各地に放った間諜《かんちょう》からの報告を摘《つま》み上げた。

「ロックイート男爵領以外にも似たような兆《きざ》しがある領地がある。誰かが糸を引いているのは確実だと思う」

「他国の工作でしょうか？」

「その可能性はあるね…………もしくは……」

もしくは……エリザベートの報復。アデルは言葉を飲《の》み込んだその可能性を捨て切れていない。扇動した形跡はあるが武器やお金の流れから黒幕に辿《たど》り着く事は出来なかった。エリザベートならこれぐらいの工作は出来る。アデルが懸念《けねん》を伝えると、ロゼリアは眉間に皺《しわ》を寄せる。

「エリザベートは奉仕《ほうし》活動や慈善《じぜん》事業、公共事業などに力を入れていて国民を大切にしていました。彼女《かのじょ》が、民に多くの被害《ひがい》が出る反乱の扇動などを行うのでしょうか？」

「確かにロックイート男爵領の反乱では多くの民に被害が出た。反乱を起こした民衆とロックート男爵家の兵力の衝突《しょうとつ》に加え、ロックイート男爵亡《な》き後の領都では暴行や略奪《りゃくだつ》などの横行により治安が悪化、更《さら》に敗走したロックート男爵家の兵力が盗賊《とうぞく》団となり、近隣《きんりん》の領地へ被害を出している。それらを治める為、ボクは国軍を動かして鎮圧《ちんあつ》するハメになった。とても慈愛《じあい》に満ちた人間の計略とは思えないけれど、エリザベート姉様は貴族だよ」

「それは……」

「確かにエリザベート姉様の経歴だけを見るとそう感じる。でもエリザベート姉様は貴族に生まれ、国を動かすべく育った人間なんだよ。その人間性が善良だろうと邪悪《じゃあく》だろうと関係ない。エリザベート姉様は世界が綺麗事《きれいごと》だけでは動かせない事を知ってる。時には汚《きたな》い手も使うし、卑劣《ひれつ》な手段も使う。犠牲を出す方法も必要なら迷わない。エリザベート姉様は、十人を生かす為なら、迷いなく一人を切り捨てる事ができる人だった。ロゼリアには出来ないだろう？　君が兄上の婚約者に選ばれなかった理由はそれさ」

「ですが……婚約破棄《はき》を告げられただけでこの様な事を？」

「……それだけならこんな事はしなかったんじゃないかな。調べによると、エリザベート姉様が幽閉《ゆうへい》されてから、一ヶ月以上、父上もジーク宰相《さいしょう》も何も行動を起こさなかったそうだよ。エリザベート姉様なら自力でなんとでも出来るだろうからって。流石にそれで愛想《あいそ》をつかせたんだろうね。此処《ここ》までならエリザベート姉様も国を出て行くくらいで済ませた可能性はあった。少なくとも、無関係な民を巻き込む事なく、最悪でも兄上やバカな官僚《かんりょう》達《たち》に復讐する程度で済んでいたんじゃないかな。でもその他の対応が酷《ひど》かった」

「商会の乗っ取りと、噂《うわさ》の流布《るふ》ですか」

長話になりそうだと思ったのか、自分の机で資料を作成していたマオランが冷めてしまっていたお茶を新しい物と交換しながら話に入って来た。

「そうだね。これによって民心はエリザベート姉様から離れた。更に愚《おろ》かな事に、帰ってきた父上やジーク宰相までエリザベート姉様を貶《おとし》める様な噂を流したんだ」

「フリード殿下の不祥事《ふしょうじ》を誤魔化す為ですね」

「うん。確かに有効だよ。エリザベート姉様を悪役に仕立て上げて、兄上達を持ち上げる。噂を信じた民衆は品行方正な公爵令嬢《こうしゃくれいじょう》のスキャンダルと民に近い下位貴族のシンデレラストーリーに大盛り上がりだろうね。だけど、その策にはエリザベート姉様の感情が考慮されていない。ジーク宰相の話では、貴族として王家を守る為にエリザベート姉様も汚名《おめい》を受け入れると考えていたそうだよ」

「何ですか、それは？」

「本当にバカしか居ないよ。その結果、民衆はエリザベート姉様を糾弾《きゅうだん》し、エリザベート姉様は王国と完全に敵対した。そんなところじゃないかな」

「では、アデル様はやはり、今回の反乱はエリザベートが黒幕で有ると？」

「……いや、今回だけじゃない。ロベルト・アーティの乱心や属国との関係悪化、その辺りもエリザベート姉様が噛《か》んでいると思う」

「まさか⁉」

驚くロゼリアとマオランだが、アデルはこの説はかなり真実に近いと考えていた。

「先《ま》ず、エリザベート姉様を支持していて、未《いま》だにその姿勢を変えず、フリードを問題視している貴族の領地や隣接《りんせつ》する属国では比《ひ》較《かくてき》的問題が少ない事が分かっている。何より、ジーク宰相を始め、多くの貴族がエリザベート姉様の行方《ゆくえ》を探《さぐ》っているのだけれど、一向に発見出来ていない。ボク自身も、エリザベート姉様の捜索《そうさく》にはかなり本腰《ほんごし》を入れているのに、影《かげ》も形も掴《つか》めないでいる。もし、この考えが真実ならば………エリザベート姉様はボクの敵になる可能性がある」


少し重い話になってしまったので、気分転換《てんかん》に外でお茶でもしようと言うアデルの言葉で、三人は王城の中庭へと出ていた。ハルドリア王国の王城、その一角には人払いがされ、アデルが信用出来る人間しか入れない様にした最低限の人間だけ働く区画があり、その区画に設けられた中庭だ。昼を過ぎ、日が傾《かたむ》き始める辺りの時間、木陰《こかげ》から差し込む光が、水路を流れる水に反射する美しい庭園の中心で足を止めたアデルは、深い溜息《ためいき》を吐《つ》き、斜《なな》め後《うし》ろのロゼリアとマオランに愚痴《ぐち》を吐《は》く様に言った。

「………また来たのか」

「その様ですね」

「いい加減諦《あきら》めて欲しいですわ」

「そうですね。そろそろ無駄だと学習してもよろしいと思うのですが……」

「それが出来ないから、外に出された筈《はず》のボクが呼び戻されたんだろうけどね」

呆れた表情を浮《う》かべながら、アデルは眉間に向かって飛来した矢を掴み取る。それと同時に放った無詠唱《むえいしょう》の【風刃】が、弓を持つ兇手《きょうしゅ》の腕を切り落とした。アデルの意識が弓持ちへと向いた瞬間《しゅんかん》、建物の陰《かげ》や生垣《いけがき》の裏から如何《いか》にも暗殺者と言った格好をした者達が迫《せま》って来る。アデルは袖《そで》を翻《ひるがえ》し、隠していた短剣《たんけん》を手に襲撃者《しゅうげきしゃ》の喉笛《のどぶえ》を掻《か》き切った。アデルが武装しているのを見た暗殺者は標的をロゼリアとマオランへと移す。だがロゼリアがドレスの下に隠していた鞭《むち》を振るい、マオランが袖に隠していた長針を投擲《とうてき》する。それに怯《ひる》んだ暗殺者を風でアデルが押《お》し潰《つぶ》して拘束《こうそく》した。

「これで六回目ですね」

「どうせまた兄上か、兄上の派閥《はばつ》の貴族が雇《やと》った殺し屋だろうね」

「良いのですか？　この件を突《つ》けばフリード殿下《でんか》を完全に排除《はいじょ》出来ますが？」

「しょうがないよ。王国は未《いま》だ混乱の中にあるからね。今はボクが表に出るのは早い」

アデルが帰国した事や王太子の代わりをしている事は殆《ほとん》どの人間は知らされていない。

アデルが止めたからだ。

「この混乱を収める為にはそれなりに汚い手を使う事もある。兄上にはその汚名や恨《うら》みと共に退場してもらう予定だから、今は襲撃者は拘束して情報を抜き出すくらいしか出来ないんだよ。今後の事を考えると、やはりあの件をハッキリさせないと……」

「エリザベートの事ですわね」

「うん。もし、今の王国の混乱がエリザベート姉様の策だとしたら、と思うとね。その懸念を晴らすにはエリザベート姉様の居所を見つけなければいけない。何処かの国でひっそりと暮らしてるとかなら問題ないんだけど……」

王国の抱《かか》える多くの問題などよりも、アデルはエリザベートを敵に回す可能性がある事の方が問題だと考えている。三人が暗殺者達を拘束して今後の対応を話し合っていると、どこか演技がかった声が中庭に響く。

「やや！　アデル！　一体どうしたのだ！」

アデルの足下《あしもと》の拘束された暗殺者達を見て、白々しく声を上げながら近づいてきたのは、ハルドリア王国の王太子フリード・ハルドリアだ。

「兄上……この区画は立ち入りを禁じていた筈です」

「堅《かた》い事を言う物ではない、アデル。私は兄として、貴様が心配だったのだ。さぁ、その暗殺者共は私が連行しよう」

　フリードがスッと手を挙げると、待ってましたとばかりに数名の騎士《きし》がやって来る。

「いえいえ、兄上のお手を煩《わずら》わせる程《ほど》の事ではありませんよ」

　アデルがそう返すのと同時に、マオランが呼んだ者達も到着《とうちゃく》する。彼《かれ》らは下級貴族や平民の出身だが、アデルに対する忠誠心は高い。それを基準に選んだのだから当然だ。

「おいおい。そんな平民の兵士や爵位《しゃくい》の低い騎士では心配だろう？　安心しなさい。私が用意したのは皆《みな》、家柄《いえがら》の確かな者達だ」

　家柄しか確かなものが無い奴らの間違いでしょう。と言いたかったアデルだが、フリードが連れてきた者達を無視して配下に暗殺者を連行させた。フリードに引き渡したら口封《くちふう》じをされるに決まっている。

「さて兄上。兄上達にはこの区画に立ち入る権限は無い。早々に立ち去って貰おう」

「貴様！　兄に対して何て口を！」

「兄上……ボクは兄上の尻拭《しりぬぐ》いで忙《いそが》しいのです。兄上は大人しくあの尻軽《しりがる》の胸でも弄《いじ》っていて下さい」

「なっ⁉　それはシルビアへの侮辱《ぶじょく》だぞ！　取り消せ！」

「あの女がエリザベート姉様の罪をでっち上げた事は既に調べがついています。虚偽《きょぎ》の証言をした者達は拘束済みです。今は時が悪いので泳がせていますがシルビア・ロックイートも当然処断します。兄上は余計な事を考えず大人しくしていて下さい」

「っぐぅ………」

「衛兵！」

「「はっ！」」

騒《さわ》ぎを聞きつけ姿を見せた衛兵を呼びつける。本来なら暗殺者に侵入《しんにゅう》されアデルに刃《やいば》を向けさせた事は衛兵の失態だが、この区画はアデルが選んだ衛兵以外は配置していない。流石《さすが》に、その人数で完全に防げとは無謀《むぼう》な話だ。その警備の甘《あま》さもあり、フリードは何度も暗殺者を送り込んでいるのだろう。

「王太子殿下がお帰りだ。部屋までお送りして差し上げろ」

「「はっ！」」

「ちっ！　放せ、無礼者！　平民風情《ふぜい》が私に触《ふ》れるな！」

フリードは衛兵の手を振り払おうとするが、彼らは平民とは言え、アデルが自らスカウトした者達だ。その程度で振り払うことなど出来はしない。

「構わん、お連れしろ」

「「はっ！」」

その後も喚《わめ》き続けるフリードと取り巻きは、衛兵達に連れて行かれた。

「はぁ、疲《つか》れたな。でもこの後は更に疲れる予定なんだよね」

「ああ、彼との面会の予定ですわね」

「はい、あの方は既に王都に到着されております」

「うん、早速面会の連絡《れんらく》があったよ。正直会いたくはないんだよね。呼び出したのはボクだけど」

「有能な事は間違いないけれど性格に難がありすぎるのですわよね」

「仕方ありません。彼しかいないのですよね？」

「そうだね、仕方ないか」

「仕方ないですわね」

面識のないマオランは訝《いぶか》しげな表情だが、アデルとロゼリアは既に疲れたような顔をしていた。


夕刻、アデルはある貴族と会う為に応接室に身を置いていた。隣《となり》にロゼリアを座らせ、背後にマオランが控《ひか》えている。その貴族との対話次第《しだい》では、時流が大きく動く事になるだろう。良い方向に動けばフリードを排除し、アデルが正式に王太子となる。悪い方向に動いたならば…………。

「最悪……国が割れるよね」

呟《つぶや》くアデルの声にマオランがギョッとしたが、ロゼリアは小さく頷《うなず》いた。そうしていると応接室にノックの音が飛び込み、メイドが客人の来訪を告げたので中に通した。

「お久しぶりです、アデル殿下。お会いできて光栄です」

「久しぶり。わざわざ呼び出して悪かったね」

「いえいえ、幼い頃《ころ》は可愛《かわい》らしかった殿下も、実に可憐《かれん》になられた。殿下の様な女性に呼ばれたのならば、このエイワス、万難《ばんなん》を排《はい》して馳《は》せ参《さん》じましょう。ロゼリア嬢《じょう》も久しぶりだな。君はいつ見ても美しく輝《かがや》いている。後ろのお嬢さん初めましてだね。どうだい？　今度食事でも」

「エイワス。ボクの従者をナンパするのはやめてくれ」

朗《ほが》らかな笑みを浮かべて口上を述べるこの男はエイワス。一見すると軽薄《けいはく》で軟派《なんぱ》な優男《やさおとこ》に見えるが、その実、とんでも無く厄介《やっかい》で有能な男だ。

「これは失礼。はてさて、アデル殿下は実家の領地に引っ込んでいただけの私の様な者に一体どの様な御用《ごよう》でしょうか？　ああ！　殿下のその美しく神秘的な御姿《おすがた》を詩に詠《よ》めと言う事でしょうか？　それならば、このエイワスにお任せ下さい。社交界の鶯《うぐいす》と呼ばれたこの私が……」

　ペラペラと話し出したエイワスの言葉をアデルは真面目な顔で遮《さえぎ》った。

「エイワス、用件なら分かっているだろ？」

「はて？　私の様な凡人《ぼんじん》には賢者《けんじゃ》の如き殿下の御考《おかんが》えの片鱗《へんりん》すら見えませぬ。どうか、この暗愚《あんぐ》に殿下の叡智《えいち》のカケラをお与《あた》え下さい」

　エイワスはまるで舞台《ぶたい》俳優の様にツラツラと言葉を綴《つづ》る。この芯《しん》を掴ませない喋《しゃべ》り方《かた》をアデルは苦手に思う。

「エイワス。ボクは回りくどい言い回しは嫌《きら》いだ。率直に聞く。エリザベート姉様は何処《どこ》に居る？」

「ああ、殿下！　その件で御心《おこころ》を痛めておいでなのですね。ですが貴女様《あなたさま》にその様な御顔は似合いません。どうか笑って下さいませ。そうだ！　王都に美味《おい》しい甘味屋《かんみや》が有るのですよ。是非《ぜひ》、私に殿下を御案内する栄誉《えいよ》を賜《たまわ》りたく……」

「エイワス！」

　アデルは中身のないエイワスの話を強い口調で止めた。

「…………」

「ボクは君の戯言《たわごと》に付き合う暇《ひま》は無い。エリザベート姉様の居場所を教えて貰おう」

あえて殺気を漏《も》らしながら睨《にら》みつけるが、エイワスは張り付けた様な笑みを崩す事はない。

「申し訳有りません、殿下。彗星《すいせい》の如く煌《きら》めく王都の貴族様方が手を尽《つ》くして知りえぬ事《こと》柄《がら》を、田舎《いなか》に引き篭《こ》もる領主代行に過ぎぬ私が分かるとは思えませぬ」

「戯言だね。君が知らない筈がないだろ？」

アデルは心を落ち着ける様に息を吐く。エイワスに会話のペースを掴まれてはいけない。少しでも隙《すき》を見せると、この軟派な優男はすぐに話を逸《そ》らし相手を丸《まる》め込む。

「エイワス……単刀直入に言おう」

魔力《まりょく》を纏《まと》い威《い》圧《あつ》を強めるが、エイワスはまるで気付いていないかの様に飄々《ひょうひょう》としている。

「ボクの下に付け」

ここでようやく笑みを消したエイワスはアデル達《たち》に値踏《ねぶ》みする様な視線を向けて問う。

「…………殿下、いくつかお尋《たず》ねしても？」

「いいだろう」

「なぜ、殿下はその様な事を？　殿下は南大陸で随分《ずいぶん》と優秀《ゆうしゅう》であったとお聞きしました。わざわざ呼び出しに応じて、こんな面倒《めんどう》事を押し付けられて、何をなさりたいのですか？」

「民の為だ。愚かな父や兄の所為で民が苦しむ事になる。ボクは王族に生まれた者の責務として、民を護《まも》らなければならない。その為なら、父や兄を廃《はい》する事になっても構わないと思っている。この身に流れる血と誇りに懸《か》けて、ボクは民の守護者であり続けると決めている」

「…………誇りですか？」

「そうだよ。ボクは民の血税で生きて来た。ボクにはその肉の一片《いっぺん》、血の一滴《てき》に至るまで、民の為に使う覚悟《かくご》がある」

「その生き方の先に幸福はないと思いますが？」

「そうだろうね。だが、この国を滅亡《めつぼう》させる訳にはいかない。いや、国は別にどうでも良いか。ボクはこの国に生きる全ての人々を護りたいんだよ」

「その為に私に忠誠を捧《ささ》げろと？」

「そうだ。この先、国は動乱と混沌《こんとん》の時代に入るだろう。お前の力が必要だ」

この先を生き抜く為、この猛毒《もうどく》の様な男すら飲み下さなければならない。エイワスは最初の柔和《にゅうわ》な笑みを消し去っている。その瞳《ひとみ》に浮かぶのは鋭《するど》い知性と強い意志。

「それは……それは、殿下が姉と慕《した》う者と対立してもですか？」

「っ⁉　やはり、今の王国の混乱の裏にエリザベート姉様がいるのか」

アデルはエイワスが暗に告げた事実を噛み締《し》める。

「その言葉を聞いて、更に君が必要になった。エイワス、ボクに従え。ボクはこの国を救う為、君が必要なんだ」

「ふむ…………良いでしょう。ひとまず、アデル殿下の下に付きましょう。ただし、貴女《あなた》が私を治めるに値しない器で有ると判断したら……」

「その時はボクの寝首《ねくび》を掻《か》けば良い」

アデルのその言葉に、エイワスは声を上げて笑った。そして、エリザベートの情報を口にした。


「トレートル商会？」

「はい、ユーティア帝国《ていこく》のレブリック辺境伯《はく》領と帝都《ていと》を中心に活動している新興の商会です。そして、その商会の商会長がエリー・レイス」

「エリー・レイス…………エリザベート姉様」

アデルはとうとう知りたかった情報を聞く事になった。その結果は最悪の予想が当っていた。エリザベートは完全に王国を敵視しており、復讐《ふくしゅう》の為の力を得ようとしている。本気で抗《あらが》わなければ王国は滅亡する。アデルの瞳に浮かぶ覚悟を読み取ったエイワスは、不敵な笑みを浮かべると、その場に跪《ひざまず》き臣下の礼を取った。

「殿下の覚悟、しかと拝見致《いた》しました。このエイワス、殿下が御心にその覚悟を抱き続ける限り、忠誠を誓《ちか》いましょう」

◇

ミレイに友人と遊べと言われた。彼女が何を目的としてそんな事を言ったのかは分からないけれど、何か意味があるのだろう。それも私の為の意味が。ミレイは私の従者であり、幼馴染《おさななじみ》であり、姉の様な存在であり、大切な家族だ。ミレイはいつだって、私の事を考えていてくれた。王国で受けていた仕打ちに対する怒《いか》りを自覚出来たのもミレイのお陰《かげ》だ。なら、やはり私はミレイの言う通り、友人と親睦《しんぼく》を深めなければならないのだろう。

「…………友人って何をすれば良いのかしら？」

私は今までの人生に於《お》いて、ただ楽しむ為だけに誰《だれ》かと交流した事など無かった。どうするべきかと、悩んでいると、帰宅したミレイがアドバイスをくれた。その後、ミレイと相談して、予定を立てた私は、早速《さっそく》次の休日に作戦を決行する事にしたのだ。

「ああ！　皆さん、お待たせしたッス」

帝都の中央広場、大きな時計塔《とけいとう》の下の噴水《ふんすい》の前で、待ち合わせをしていた最後の一人、ティーダが駆け足で姿を現した。

「遅《おそ》いぞ。ティーダ」

「そうですよ、十分の遅刻《ちこく》です」

「し、しょうがないじゃないッスか～。時計なんてこの広場くらいにしか無いんッスから」

この場に集まって居るのは私とティーダ、ユウ、エルザの四人。共にダンジョンに潜《もぐ》った仲である。

「ほらほら、騒いでないで行きましょう」

「そ、そうッスね！　行きましょう！」

「まったく……」

「ふふふ」

こうして、私達は姦《かしま》しく帝都へと繰り出した。

「あ、見てください！　あの果実はこの辺りではなかなか手に入らない物ですよ」

「チルムの実ね。図鑑《ずかん》で見た事があるわ」

「ほう、美味《うま》いのか？」

「さぁ、どうかしら？　食べた事はないわ」

「わたしも薬用に乾燥《かんそう》させた物しか扱《あつか》った事は有りませんね」

「じゃあ、一つ買って食べてみるッスよ」

銅貨と引き換《か》えに真っ赤に熟した拳程《こぶしほど》の果実を受け取り、エルザがナイフで切り分ける。

「ん、甘いわね」

「随分と濃厚《のうこう》だな」

「口に残る甘さッスね」

「コレはそのまま食べるよりお菓子《かし》の材料とかにしたほうが良さそうですね」

「良いわね」

今日は午後まで帝都を散策し、その後はユウの店で女子会と言う物を催《もよお》す予定だ。夕食も自分達で用意するつもりだから、お菓子を作るのも良いかも知れない。果実を幾つか購《こう》入《にゅう》し、更に気になる食材をつまみながら気に入った物を買って行く。エルザと露天商《ろてんしょう》が売っているナイフを吟味《ぎんみ》し、異国の行商人が扱っていた薬をユウに解説して貰い、フラフラと酒屋に向かうティーダを連れ戻す。そうして居ると、時間は空を飛ぶ飛竜《ひりゅう》の如く進んだ。気を許せる友人と、目的も無く街を歩く。なるほど、確かにコレは楽しいのかも知れない。

「そろそろお腹《なか》が空《す》きましたね」

「そうッスね、何処かでランチにしましょうか」

「何処か美味しいお店知ってる?」

「私は安くて量の多い冒険者向けの店しか知らないな」

「美味しい酒場なら知ってるッスよ?」

私も帝都では殆ど屋敷《やしき》で食べるか、パーティに出る事が多いからあまりお店は知らないわね。

「ふふふ、では私がオススメのお店に案内しましょう」

何やらユウが自信ありげに宣言する。ダンジョン内で共に行動した感じだと、ユウはかなり料理達者だ。そのユウがオススメだと言うなら期待が出来そうだ。ユウに案内されたのはごく普通《ふつう》の食堂だ。昼間は食堂で夜には酒場になると言うよくある営業形態のお店だ。

「こんにちは」

「いらっしゃい、ユウさん」

「今日は友達を連れて来ましたよ」

私達を迎《むか》えてくれたのは恰幅《かっぷく》の良い女将《おかみ》さんだ。厨房《ちゅうぼう》の奥《おく》にはご主人だろう、禿頭《とくとう》の男性がフライパンを振っている。日替《ひが》わりの定食を注文した私達が席に座《すわ》り雑談に花を咲《さ》かせて居ると、女将さんが早々に料理を運んで来てくれた。

「ほぅ、美味そうだな」

「そうね」

日替わり定食はサラダと鳥の魔物《まもの》の唐揚《からあ》げ、スープにパンだった。特に変わったところの無い普通のメニューだけれど、よく見ればサラダは香草《こうそう》や薬草を使った物だった。唐揚げもハーブをふんだんに使っており、結構クセの強い魔物の肉だけれど、まったく臭《くさ》みがない。スープも詳《くわ》しくは分からないが滋味《じみ》溢《あふ》れる味だ。

「随分と変わった料理ッスね」

「初めて食べる料理ね」

「ああ、味は間違《まちが》いなく美味いんだが、この辺りの料理では無いな」

「ふふふ、実はこの食堂の料理は私がプロデュースしているんです」

「え？」

「それで……やけにハーブや薬草が使われていると思ったわ」

「私の故郷では食事で健康を保つって考え方が強いんですよ。コレは食事に薬草や薬効の有る食材を使う料理なんです。美容にも良いので女性に人気があるんですよ」

確かに周囲を見回すと、大衆食堂の様な店にしては女性客が多い様に見える。それからユウに料理の効能を説明して貰いながら舌鼓《したつづみ》を打つ。美味しい料理を食べながら、私達の会話は無軌道《むきどう》に変化する。

「エリーさんは街の食堂とかで食事とかするんッスか？」

「最近はしていないわね。帝国に来たばかりの頃はミレイと二人で食堂でご飯を食べていたわよ」

「ミレイさんと言えば……」

取り留めのない話は尽きる事なく、食後のハーブティーを飲み終わる事でようやく区切りをつける事が出来た。

「さて、この後はどうするッスか？」

「そうね……」

午後の予定は特に決めていない。夜にはユウの店に行くつもりだけれど、それまでは自由時間だ。初め、私はキッチリ予定を立てるつもりだったが、ミレイに相談すると、予定を友達と遊びながら考えるのも楽しい物らしいのでノープランで挑《いど》む事にしたのだ。

「あの……」

私達が次の予定を話し合って居ると、不意に声をかけられた。振《ふ》り返ると、ブロンドの髪《かみ》に羽を象《かたど》った髪飾《かみかざ》りを付けたエルフの女性がこちらに近寄って来た。見た目は十五歳《さい》前後に見えるが、エルフ族は長命種族なので年齢《ねんれい》はよく分からない。

「私、ローザと言います。駆《か》け出しの吟遊《ぎんゆう》詩人です」

駆け出しと言う事はやはり若いのかしら？　でもエルフならそれなりの年でも駆け出しとして吟遊詩人になる事も有るのかも知れないわね。

「何か用ッスか？」

「は、はい！　あの……皆さん、冒険者さんですよね？」

「ん？　まぁ、そんなところだ」

エルザが答える。正確に言えば私とティーダは違うのだが、その辺の説明は面倒だと思ったのだろう。

「是非、皆さんの冒険譚《ぼうけんたん》を聞かせて貰《もら》えないでしょうか？」

私達は顔を見合わせた。吟遊詩人はこうして各地を旅して、訪《おとず》れた土地の光景や見聞きした話を元に唄《うた》を作ると聞いた事がある。せっかくなので、私達がダンジョンに潜った話を語り、ローザにも幾《いく》つかの唄を歌って貰った。まだ経験が浅く、緊張《きんちょう》している様だったが、ローザの声は美しく、情景が浮かび上がる様な不思議な魅力《みりょく》が有った。きっと彼女は吟遊詩人として成功を収めるのだろうと、彼女と別れた後、再び帝都の街を歩きながら、私達は話していたのだった。帝都の散策を終えた私達は、ユウのお店に場所を移した。買って来た食材で作った料理やお菓子、私が用意したチョコレート菓子やエルザが持って来た紅茶やユウが作った薬茶を囲んでいる。意外な事に、私達の中で一番料理が上手《うま》かったのはティーダだった。

「修行《しゅぎょう》時代によく作らされていたんッスよ」とはティーダの談だ。因《ちな》みに次点はユウ。この二人はまさにプロ並みで、私とエルザは人並みだ。その後も料理をつまみながらひたすら話す。市井《しせい》の女性はいつまでも話す、と聞いた事が有ったが、なるほど確かにコレは楽しい物だ。そして今の話はユウの出身地の話だ。

「ユウは確か東の島国の出身だったわね」

「そうですよ。千八百年前、魔王《まおう》を倒《たお》した勇者様が、迫害《はくがい》されていた魔族《まぞく》や国を失った人々を集めて作った国『日ノ本列島王国』です」

「勇者ねぇ、それってアレでしょ？　異界から来たって言うヒロシ・サイトーの事よね」

「そうですよ。日ノ本列島王国の現国王、ヒロノブ・サイトー様の御先祖《ごせんぞ》様ですね」

「勇者が作った国か。どんな国なんだ？」

「良い国ですよ。周囲は海に囲まれて、陸地は山が多いですね。それと地震《じしん》が頻繁《ひんぱん》に起こります」

「…………それは良い国なんッスか？」

「はい」

話だけ聞くと住みにくそうに思えるけれど、ユウは問題無いと頷いた。

「自然災害が多くて厳しい環境《かんきょう》では有りますが、そこに勇者様が齎《もたら》した異界の知識を駆使《くし》して、御先祖様達が頑張《がんば》って国を作ったんです」

「へぇ、異界の知識ッスか。何か凄そうッスね」

「まぁ、そうは言っても生活の知恵《ちえ》みたいな物がほとんどですからね。食べ物の保存の仕方とか、山の多い土地での農法とかです」

「そうなんッスね。私はてっきり異界の魔法《まほう》で開拓《かいたく》したりとかだと思ってたッス」

「異界の物って事なら、勇者様の残した三宝が有りますよ」

「三宝？」

「はい。勇者様がこの世界に現れた時、手にしていた異界の品です。今は日ノ本列島王国の国宝として五年に一度、建国祭の日に一般《いっぱん》に公開されるのです」

「なんか凄《すご》そうだな」

「凄いですよ。一つ目は『すまほの書』です。異界の知識が記された魔導書《まどうしょ》で、医学、農法、政《まつりごと》など、あらゆる叡智が記されているとされています」

「何で曖昧《あいまい》なんッスか？」

「『すまほの書』は誰にも読めませんからね」

「魔導書なんでしょ？　王族とかなら読めるんじゃないの？」

「それがですね『すまほの書』は私達が普段《ふだん》見る様な書物とは全く別の物なんですよ」

「別の物？」

ユウは手で掌《てのひら》より少しだけ大きいくらいのサイズを示す。

「見た目はこれくらいの黒い板なんです。それで、勇者様が触れると光を放ち、求める知識が浮かび上がった、と伝えられています」

「へぇ、所有者を定めるタイプのマジックアイテムか？」

「そうね、多分異界の魔法の産物でしょうね」

「それで他の二つはどんなのなんッスか？」

「二つ目は服です。勇者様が身に着けていた『がくらん』と言う、黒い生地《きじ》に紋章《もんしょう》が刻まれた金のボタンが付けられたシンプルな服です。本物は【状態保存《リテンション》】の魔法をかけられて宝物庫に保管されていますが、複製された物は今でも王族の正装として使われて居ます」

「ほう、異界の品はやはり我々の常識とは異なる形をしているんだな」

「それで三つ目は？」

「三つ目は『宇宙狩人《かりゅうど》ギャラクシーもも、ファイナルハンティングVer.』と言うヒラヒラした服を着た女の子の人形です」

「はぁ？」

「人形と言っても子供が遊ぶ様な感じの物では無く、硬《かた》いけど柔《やわ》らかくも有る不思議な素材で作られた精巧《せいこう》な人形です。コレについては勇者様はあまり多くの話を残して居ないのですが、時折勇者様は一人でその人形を眺《なが》めていたと言う話から、学者の見解では、おそらく勇者様の世界の女神《めがみ》様を象った神像ではないかと言われています」

「異界の女神様ッスか。神像を持ち歩き、別の世界に来ても祈《いの》りを捧げるなんて、勇者様は敬虔《けいけん》な信徒だったんッスね」

ティーダは感心とばかりに頷く。

「それと、勇者様が作られた装束《しょうぞく》が王臣二十一家に伝わっています」

「王臣二十一家？」

「初代国王である勇者様の二十一人の側室の子供の家系です。大陸風に言うと王家の傍流《ぼうりゅう》ですね。下位では有りますが王位継承権《けいしょうけん》も有ります」

「側室が二十一人か……」

「正室を合わせて二十二人、随分と剛気《ごうき》な人だったんッスね」

勇者の妻の数にエルザとティーダは少し引いていた。確かに王族とは言え二十二人は多い。だが、それは平時の国の話だ。

「日ノ本列島王国は多種族国家なんでしょ？　なら、その初代が各種族から妻を娶《めと》り国としての結束を示すのは政治的には有効な手段だと思うわよ」

「そうですね。確かに政治的な思惑《おもわく》も有ったでしょうけど、勇者様は妻を全員愛していたそうですよ」

「懐《ふところ》の深い人なんッスね」

「それで、その王臣二十一家に伝わる装束って言うのは何なんだ？」

「勇者様が二十二人の妻に贈《おく》った物ですよ。正室……王家に伝わる『せーらー服』、タナカ家に伝わる『ちゃいなドレス』、カミテ家に伝わる『みこ服』、ミズワシ家に伝わる『すくみず』など、それぞれの妻に贈られた装束が伝わっているのです。因みに、わたしの実家であるクスノキ家は、王臣二十一家のアマギ家の分家の一つで、本家には『なーす服』と言う装束が伝わっています」

「へぇ……ん？　じゃあ、ユウさんは傍流王族って事ッスか？」

「まぁ、血筋的にはそう言えなくもないですね。傍流も傍流なので、王家の家系図にも載《の》りませんし、王位継承権も有りませんけど。帝国で言うと公爵《こうしゃく》家の陪臣《ばいしん》の一族くらいの地位ですね」

「それでも結構良いところのお嬢様《じょうさま》じゃない。なんで帝国に？」

「冒険者《ぼうけんしゃ》に憧《あこが》れて飛び出して来たんですよ。実家は兄が継《つ》いでいますし、姉も二人いますから、わたしは比較的自由に育ったんです」

ユウの故郷の話はなかなか興味深いわね。異界から来た勇者が作った国か。もし機会があれば行ってみるのも面白《おもしろ》いかも知れないわ。その後はエルザやティーダの故郷の話を聞いた。エルザは帝国の属国の出身、ティーダは西大陸の出身らしい。私も多少オブラートに包みながら王国の話をする。ユウは商業ギルド評議員としての情報網《じょうほうもう》があるだろうし、エルザも上級冒険者として、ティーダはイブリス教の枢機卿《すうききょう》としてそれぞれ情報網を持っているだろう。私の出自も知っているのかも知れないが、一応誤魔化《ごまか》しておく。気兼《きが》ね無く過ごす友人達とのひと時は、今までに感じた事のない楽しい時間だった。なるほど、ミレイはコレを伝えたかったのだろう。これからも偶《たま》に彼女《かのじょ》らと過ごすのもわるくないと思う。

◇◆☆◆◇

荒野《こうや》に有る小国家群の中心地であるリースベール魔導鉄道、駅前広場のベンチで公国の青年、ハルトが疲れた顔で正面の噴水に視線を向けていた。恋人《こいびと》のイズと共に旅行で訪れたリースベールで観光地を回った後、イズの買い物に付き合わされて疲れ切ったハルトはベンチで休息する事にしたのだ。因みにイズは大陸でも有数の歴史を持つ喫茶店《きっさてん》で、伝統の人気菓子フェクチを購入する為嬉々《ためきき》として行例に並んでいる。

「はぁ、イズは元気だよなぁ」

目の前の噴水の中心には竜種《りゅうしゅ》に立ち向かう四人の人物の銅像が有る。かつて、リースベールに巣くっていた竜種を討伐《とうばつ》し、荒野に交易路を切り拓《ひら》いて当時、貧しい都市国家だった国々に繁栄《はんえい》を齎した英雄《えいゆう》の銅像らしい。竜種の正面に立ち、剣《けん》と盾《たて》を構える青年と、青年に並び槍《やり》を向ける青年、その後ろで弓を構える女性の三人はAランク冒険者パーティ《竜の番い《りゅうつがい》》だろう。そして三人の後ろから竜種に杖《つえ》を向ける、魔女《まじょ》のとんがり帽子《ぼうし》を被《かぶ》った魔法使い《まほうつか》いは、《荒野の商人》ルノア・カールトンに違《ちが》いない。公国で有名な《白銀の魔女》の弟子《でし》だったとされ、ハルトも学生の時に歴史の授業で習った事が有る。

「ごめん、お待たせ」

「おお、買えたのか？」

「うん」

ぼー、と銅像を見ていると、フェクチを購入したイズが戻《もど》って来た。イズと少し話していると、噴水の前でブロンドの髪に羽を象った髪飾りを付けたエルフの吟遊詩人が唄い始めた。有名な唄や歴史的な事件を題材にした唄などを美しい声で歌い上げる。特に冒険者が病を治す薬の材料を求めてダンジョンに挑む唄は、初めて聴《き》いたがなかなかワクワクする内容だった。歌い終わり、拍手《はくしゅ》する人々に頭を下げるエルフの吟遊詩人に近づき、彼女が置いていた帽子にコインを入れる。

「ありがとうございます」

「良い声だったよ」

「素敵《すてき》でした」

「えへへ、照れますね」

ローゼと名乗ったエルフの吟遊詩人は照れた様に笑った。お世辞では無く、素人《しろうと》考えであるが、彼女なら芸能界でも十分通用すると思う。

「あのダンジョンの話は初めて聴いたな」

「アレは私のお祖母《ばあ》ちゃんが駆け出しの頃に冒険者から聞いたお話を唄にした物なんです」

「へぇ、じゃあ実話なんだ」

「らしいですね。昔帝国で数百人の死者が出た病が有ったらしいのですが、その時の話らしいですよ」

十分程談笑《ほどだんしょう》した後、ローゼと別れたハルトとイズは、魔導列車に乗り込《こ》むと、公国への帰路に就《つ》いたのだった。

# 二章 《獣王連合国への旅路》

帝都の一角、商会が持つ倉庫の一つで私は商品が入った木箱を確認《かくにん》して行く。木箱の中には緩衝材《かんしょうざい》と共にガラス瓶《びん》や陶器《とうき》の器《うつわ》が詰《つ》められており、その量はかなりの物だ。

「エリー会長、こちらの確認は終わりました」

「ありがとう。ルノア」

ルノアが差し出す書類を受け取り内容を確認してサインを入れる。

「結構な量ですがこれは全て持って行くのですか？」

「ええ。今回は私が直接向かうから【強欲の魔導書《グリモア・マモン》】を使って運べるからね。今回の商談はかなり大きな物になるわ。獣人族《じゅうじん》は今まで使える化粧品《けしょうひん》の幅《はば》が狭《せま》かったけど、この新開発の化粧品ならそんな獣人族を新規の顧客《こきゃく》として取り込めるわ」

サインを入れた書類をルノアに返し共に倉庫から執務室《しつむしつ》へと戻る。執務室ではミレイとミーシャがしばらく帝都を空ける為《ため》に準備を進めていた。

「お疲れ様。首尾《しゅび》はどう？」

「順調です。帝都の商売は安定していますし、特別認可《にんか》商人としての監査《かんさ》も終わったので
エリー様が離《はな》れても問題はないでしょう」

ミレイの報告に首肯《しゅこう》を返し、取引予定の商会がリスト化されたファイルを受け取った。

今回の取引には私とミレイと共にアリス達三人も同行させる。それとバアルもだ。ファイルをミーシャに返し、執務室を出て行くルノアとミーシャの声が聞こえなくなったところを見計らってミレイが小声で問う。

「よろしいのですか？　今回の旅は……」

ミレイが言いたい事はわかっている。今回の目的は商談だが、私にはもう一つの目的がある。それは私の父、ハルドリア王国宰相《さいしょう》ジーク・レイストンへの復讐を遂《と》げる事だ。その旅にアリス達を連れて行って良いものかと考えているのだろう。

「わかっているけど、今回の旅はルノアやミーシャにとっても良い経験になると思うのよ。国外の商会との大きな取引は希少でしょう。それに、機会が有れば逃《のが》すつもりはないけれど、流石に今回の旅の間にジークを殺す事は難しいわ。正式な王国の使者として獣王連合国を訪れるのだから当然護衛もしっかりと付けているでしょうからね」

自分の椅子《いす》に深く腰《こし》を下ろした私はミレイがタイミングよく差し出してくれたコーヒーカップへと手を伸《の》ばした。

長旅の準備を終えた私達は馬車に乗り込み、バアルの御者で早朝の帝都を出発した。馬車に揺《ゆ》られ到着《とうちゃく》したのはハーミット伯爵《はくしゃく》領の領都だ。港町であるここには獣王連合国行きの船がある。ハルドリア王国の属国である獣王連合国だが、半島の様なその立地により海洋貿易が盛《さか》んで、対立関係にある帝国とも細々とした物だったが取引があった。

カラカラと車輪が回る音が心地好《ここちよ》かったのか、はたまた昨夜興奮してなかなか寝付《ねつ》けなかったせいか、アリスは早々に私の膝《ひざ》の上に頭を預けて眠《ねむ》ってしまった。ルノアがそんなアリスを起こさない様に声を落として聞いた。

「私達が乗る船は交易船なんですよね？」

「そうよ。獣王連合国との正式な国交はないから定期船は無いの。帝国の商人が獣王連合国に行くには荒野を抜《ぬ》けて王国経由で入国するか、交易船に乗って船で入国するしかないわ」

「今回はハーミット伯爵が所有する交易船に乗れる様に手配いたしました」

「ツテがあって良かったわ」

「獣王連合国は獣人族の国なんですよね」

「ええ。獣王連合国はその名の通り、複数の部族が集まった国よ。代表者として獣王が居るけれど、国としての運営は士族会と呼ばれる各族長が大きな権力を握《にぎ》っているわ」

「獣王は政治的な力は低いって事ですか？」

「そうね。獣王は強さで選ばれるから軍事には強い権限を持っているわね。本人も政治にはあまり関心がないから細かい事は臣下に任せているそうよ」

「それで国が成り立つのでしょうか」

「獣人族は強い者に従う性質があるからか、今まで大きな問題は起きなかったそうよ」

そんな話をしながら私達はハーミット伯爵領の領都へと到着し、トレートル商会の支店の門を潜《くぐ》った。交易船の出航は明日だ。本来ならばハーミット伯爵へ挨拶《あいさつ》に赴《おもむ》くのが筋ではあるのだが、伯爵夫婦《ふうふ》は現在避暑地《ひしょち》に滞在《たいざい》しているそうなので支店の商会員に後日、礼状と贈り物を持って行かせる事にし、今日は早めに休む事にした。


船へと乗り込む朝、私は鏡の前に座りミレイに髪を整えて貰っていた。色素の薄《うす》い私の髪は光を受けると銀色に輝くのだが、今の私の髪は艶《つや》やかな黒髪《くろかみ》となっている。ミレイは黒く染められた私の髪を慣れた手つきで梳《す》き染料《せんりょう》が落ちない事を確認して三つ編みにしてゆく。

「ミレイ。髪留《かみど》めにはこれを」

私が渡《わた》したのはミレイが手にしていた物とそう変わらない髪留めだ。違いと言えば手触《てざわ》りくらいだが、それを見たミレイが目を見張る。

「これは⁉　よろしいのですか？」

「ええ。念《ねん》の為にね。」

「畏《かしこ》まりました」

手渡した髪留めを使いミレイは手早く私の髪を三つ編みに仕上げてくれた。一本の三つ編みとなった髪を右肩《みぎかた》から前に垂らした私は、ミーシャが差し出したトレイに載せられたメガネを手にとって掛《か》けると、鏡の中からは黒髪三つ編みの女性が度の入っていないメガネのレンズ越《ご》しに変わらない青い瞳で私を見つめていた。

「どうかしら？」

「上出来でしょう。ぱっと見ではエリー様とは気付かれませんよ」

「黒髪のエリー会長も素敵ですけどここまでする必要があるのですか？」

「獣王連合国の要人の中には私と面識が有る者もいるからね。今回はそんな人達に会う予定はないけれど、念の為ね」

今回の目的は商談だが、不意に獣王連合国の要人と遭遇《そうぐう》する可能性もゼロではない。私は椅子から立ち上がると、三つ編みの房《ふさ》を持ち上げてみるが、手に染料が付いたり、妙《みょう》な匂《にお》いやムラも無く自然な仕上がりだ。この染料もアクアシルクの折に集めた技術者の発明品で、既《すで》に商品化の為に予算をつけて量産を始めている。

「頭髪《とうはつ》用の染料なんて売れるのでしょうか？」

染料の入った瓶を片手に首を傾《かし》げるルノアにミレイが説明する。

「平民には売れないでしょうね。ですが貴族にはかなりの需要《じゆよう》が見込《みこ》めます。ご婦人は勿《もち》論《ろん》ですが、男性にも人気が出るでしょう」

「男性にもですか？」

「はい。貴族にとって老いても褪《あ》せない豊かな髪はステータスですから」

「それにこの染料はなかなか面白い性質をしているのよ。アクアシルクを作り出すアクアクローラーの餌《えさ》は空気中の魔力を溜《た》め込む性質が有るカエリアと言う植物の葉なんだけれど、この染料はその時に残った枝や幹を加工して作っているの」

「研究報告が上がって来ていましたね。確かカエリアの枝や幹から作った炭にも一時的に周囲の魔力を吸収して留《とど》める性質が認められたって」

ルノアが眉間《みけん》に手をやり記憶《きおく》を引き出す様に言葉を紡《つむ》ぐと、ミーシャは首を傾げて問う。

「魔力を溜める性質が染料にどう影響《えいきよう》するのですか？」

「錬金術《れんきんじゆつ》によって加工する事で一以上の魔力を加えなければ落ちない様に出来たのよ」

「それで触《さわ》っても手に付かないのですか」

「ええ。落としたい時は魔力《まりよく》を加えながら水で洗い流すか、魔力水を使って落とすの。放っておいても一ヶ月くらいで魔力を吸収する性質は劣化《れつか》していって少しずつ元の髪色《かみいろ》に戻るんだけれどね」

「魔力か魔力水ですか。エリー会長。この染料もメインターゲットは貴族ですよね？」

「そうよ」

「貴族の方は魔力が高い人が多いですし、自分が使えない方は侍女《じじょ》や侍従《じじゅう》に魔法が使える者を置く事が多いと聞きました。それでは色を抜きたい時、自分で簡単に出来てしまいます。ですから、色を抜く為の魔力水に髪をケアする効果を付与《ふよ》した商品があればセットで売れるのではないでしょうか？」

「ふむ」

ルノアの提案は面白いわね。貴族にとって魔力水は簡単に用意できる物だから、そこに商品的価値を見出《みいだ》せるとは思わなかった。それもただ魔力水を売り出すと言う提案ではなく、貴族が魔力水を簡単に用意できる事を踏《ふ》まえた上で魔力水を売る為のアイデアを出して来た。ルノアも商人として成長しているわね。

「良いアイデアだと思うわ。魔力が込められた魔力水なら化粧品としてではなく魔法薬としての性質も持たせられるかもしれないわ」

「錬金術師《れんきんじゅつし》に研究を指示いたしますか？」

「そうね。お願いミレイ。それにもし可能ならユウに共同研究を持ちかけるのも良いわね」

染料を落とす魔力水と魔法薬の性質を共存させるのは難しいかも知れないが上手くいけは更《さら》に商機は広がる。

「もしこのアイデアが上手く行ったらルノアに特別ボーナスを出さないとね」

「あ、ありがとうございます」

こんなに大きな話になるなんて思ってなかったのかルノアは少々慌《あわ》てていた。ミレイがルノアから瓶を受け取り鞄《かばん》に仕舞《しま》うと部屋の扉《とびら》がノックされる。

「ママ！」

ミーシャが扉を開くとアリスが駆け寄って来た。普段ならそのまま私に抱《だ》きついてくるのだが、今日はピタリと足を止めた。大きな目を広げ私の頭を注視している。

「ママ、くろい！」

「ええ、染めてるのよ」

「アリスもやりたい！」

「え？」

ふむ。確か子供は親の真似《まね》をしたがる物だと書物にも書いたあった。普段なら微笑《ほほえ》ましい我儘《わがまま》だが、いかんせん私達《たち》はこれから船に乗って獣王連合国へと向かわなければならない。

「そうね。じゃあ帝都に戻ったらアリスも黒髪にしてあげるわ」

少し渋《しぶ》るアリスを宥《なだ》め、帝都に帰ったらお揃《そろ》いにすると約束した事で、私達は朝食を食べることが出来たのだった。手早く朝食を済ませた私達はハーミット伯爵領の港へと足を運んだ。港に並ぶ多くの帆船《はんせん》の内の一隻《せき》を見上げる。私達の乗り込む船コールフラン号だ。ハーミット伯爵が運営する中型の交易船で、輸出する商材だけでなく少数ではあるが商人も運んでいる。今回も私達の他にも数人の商人が乗り込んでいるらしい。荷物の確認をしていた船員の男が私達の姿を認めて声をかけて来た。

「おう。あんた達が伯爵様が言っていた商人だな。船室に案内してやるからついて来な」

「ありがとう。お願いするわ」

「おい！　此処《ここ》を頼《たの》むぞ」

仕事を別の船員に引き継いだ男は船から降ろされた簡易的なタラップを登り船に乗り込み、私達の船室へと案内してくれる。

「此処だ。悪《わり》いが船室は一部屋しか取れなかった。そっちの旦那《だんな》は俺達《おれたち》と雑魚寝《ざこね》になる」

船員はバアルに視線を向けながら言った。この船は客船ではないのであまり客室は多くない。私達以外にも数人の商人が乗り込んでいるので仕方ない事だ。

「ああ、俺《おれ》は別に構わねぇよ」

バアルは肩《かた》をすくめて返す。船員に案内されるバアルと別れ、私達は船室へと入った。

部屋は手狭《てぜま》で左右に二段ベッドが設られていた。

「ミレイはそっちを使って頂戴《ちょうだい》。ルノアとミーシャは上ね。アリスは私と一緒《いっしょ》よ」

「うん！」

手持ちの荷物を整理していると私の袖《そで》をアリスが引く。

「ママ。お姉ちゃん達と探検して来て良い？」

「船員さん達の邪魔《じゃま》にならない様にするのよ」

「わかった！」

「二人共、アリスをよろしくね」

「はい」

「畏まりました」

ルノアとミーシャの手を引いて部屋を出て行くアリスの背中に『気を付けるのよ』と声を掛《か》けながら見送った。

「さて、私は船長に挨拶してくるわ」

「同行致《いた》しますか？」

「大丈夫《だいじょうぶ》よ」

ミレイの同行を断った私は船長室へと向かった。甲板《かんぱん》の方からは交易品の積《つ》み込み作業を行っている船員達の威勢《いせい》の良い声が聞こえる。船長室のドアをノックすると酒焼けした声で入室の許可が告げられた。

「失礼します」

船長室ではタバコを咥《くわ》えた眼光の鋭《するど》い初老の男が海図に何やら書き込みをしていた。

「誰《だれ》だ？」

「獣王連合国までお世話になるトレートル商会のエリー・レイスと申します」

「ああ、伯爵の紹介《しょうかい》の商人か」

「はい。こちらはご挨拶の品です」

私は帝都《ていと》で用意した酒精の強いブランデーを差し出した。チョコレートの研究の為に北大陸から輸入した物だ。

「気持ち程《ほど》では有りますが船員の皆様《みなさま》にもご用意させて頂いておりますわ」

「ほう。お前さん若いのに気が利《き》くじゃねぇか」

眼光の鋭さが幾分《いくぶん》か和《やわ》らいだ船長といくつかの確認をした私は早々に部屋を辞した。船長室での挨拶を終え、船室に戻る前に船尾《せんび》に出ると純白の翼《つばさ》を持つ海鳥がマストから飛び立つ姿を見る事が出来た。そのマストの根本ではアリス達が帆《ほ》を点検する船員の作業を興味深そうに見ている。

「あの子達は君の連れかい？」

不意に掛けられた声に振り向くと旅装束に身を包んだ美丈夫《びじょうふ》が笑顔《えがお》で軽く手を上げながらこちらへと歩いて来た。身に着けている外套《がいとう》は砂漠《さばく》地帯に生息する魔物の革《かわ》を使った上等な物、少し浅黒い肌《はだ》は王国の属国であるナイル王国の民に多い特徴《とくちょう》だ。だが何より目を惹《ひ》くのはその種族的特徴だ。男の右側頭部から伸びる角、人間よりも長い少し尖《とが》った耳、腰の後ろから覗《のぞ》く狼《おおかみ》の尾《お》。通常、他種族との間に子を残せるのは人族だけだ。エルフ族とドワーフ族の間には子供は生まれないが、エルフ族と人族、ドワーフ族と人族の間では子供を作ることが出来る。そして異種族の間に生まれた子供は、両親のどちらかの種族か、ハーフ種族となる。だが異種族の親から生まれた人族の子供が、別の異種族と子をなした時にごく稀《まれ》に混合種と呼ばれる複数の種族の特徴を持つ者が生まれる事がある。総じて魔力や身体能力に秀《ひい》で易《やす》く、歴史に名を残した英雄にも混合種で有ったとされる人物も多い。

「私の義娘《きじょう》と商会の従業員よ」

「そうか。君は商人だったのか。獣王連合国へは商売で？」

「ええ。そう言う貴方《あなた》はどちら様？」

「これは失礼。俺はイーグレット・バーチ。バーチ商会の三代目商会長だ」

「トレートル商会、商会長のエリー・レイスよ」

イーグレットが差し出した手を握り返しながら自分の名を告げる。

「失礼ながら帝都ではバーチ商会の名は聞かないわね。王国の商会なのかしら？」

「そうだな。帝国《ていこく》じゃあ無名もいいところさ。王国の属国であるナイル王国の王都を拠点《きょてん》に商売をしているからな。俺の代になって商売の手を伸ばそうとこうして帝国に足を運んでいたって事さ」

「そう。いいご縁《えん》はあったかしら？」

「そうだな。今こうして偶然《ぐうぜん》にも君に出会えたのは幸運と言えるだろうな」

「私？」

「ああ。トレートル商会のエリー・レイスと言えば、設立から間もないのに特別認可商人にまで駆け上がった新進気鋭《しんしんきえい》の大商人だろ？」

「随分《ずいぶん》と持ち上げてくれるのね」

「真実だからな。帝都で大きな影響力《えいきょうりょく》を持つ大商人で、更に見目麗《うるわ》しいとなればお近づきになっておきたいと思うのは商人としても男としても当然の事だ」

「口も上手いとは、流石《さすが》商人ね」

「はは。どうだい今晩食後にワインでも飲みながら情報交換《こうかん》といかないかい？　残念ながら帝都の高級レストランとはいかないが、月の光の下で波に揺られながら飲むワインと言うのも悪くない」

「ふふ。そうね。では貴方はどんな情報で私を口説いてくれるのかしら？」

「獣王連合国の情報ならある程度は。幾つか取引のある商会が有るから紹介状《しょうかいじょう》を書いてもいい」

「悪くないわね。では貴方が欲《ほ》しい情報は？」

「君の好みの男のタイプとかだな」

「本音は？」

「帝都の織物系に強い商会を紹介して欲しいな。あと染料や布素材の販売《はんばい》ルートも欲しい」

「幾つか心当たりがあるわ」

「交渉《こうしょう》成立だな。じゃあまた夜に」

「ええ」

イーグレットは爽《さわ》やかに笑うと自分の船室へと戻っていった。キザな男だが、その端整《たんせい》な顔立ちとスマートな立ち振る舞《ふま》いからいやらしさは感じない。個性が強いようでいて掴《つか》み所《どころ》がない不思議な雰囲気《ふんいき》の男だった。

◇

「バーチ商会のイーグレット・バーチですか」

「立ち振る舞いからかなり高度な教育を受けている様に見えたわ」

「聞かない名前ですが、最近になって代替《だいが》わりして国外の商売に乗り出した商会なら私達の耳に入っていなくても可笑《おか》しくはないですね」

「ええ、有力な商会の三代目ならばそれなりの教育を受けていても不思議ではないわね」

私は【怠惰の魔導書《グリモア・ベルフエゴール》】を発動するとセイントバードを一羽召喚《わしょうかん》しミレイの肩に留まらせた。

「ミレイ。アルノーに連絡《れんらく》してバーチ商会について情報を集めさせておいて」

「かしこまりました」

ミレイは指先でセイントバードの頭を軽く撫《な》でながら手紙を書き始めた。私はアリス達が帰って来るまでにイーグレットとの交渉の内容を詰めておく事にした。

アリス達が戻り、少し早めの夕食にする事になった。客船ではないので食事は自分達で用意しなければならない。獣王連合国までは約十日の船旅になる。私の【強欲の魔導書】にはかなりの量の食料が保管されているのでそこまで気にする事はないのだが、今回は勉強もかねて旅の間の物資の用意や馬車の手配はルノアに任せていた。

「バアルさん。そちらの箱をお願いします」

「これか?」

「はい。ミーシャちゃんは袋《ふくろ》から瓶詰《びんづ》めをとってくれる?」

「はい。ルノア様」

今日は初日なので生の野菜や新鮮《しんせん》な肉類を使える。ルノアは船の調理場を借りて手早くスープを作っていた。私はミレイと共に硬パンを焼き直し、飲み物を用意していた。料理を持ち船室に戻った私達は、椅子やテーブルなどはないので野営用の布を敷《し》いて車座になり料理を囲んだ。野菜やキノコ、鳥肉を塩とハーブで味付けしたスープは慌ただしい移動で疲《つか》れた体に染《し》み渡るようだ。

「お嬢《じょう》はこの後、イーグレットとか言う野郎《やろう》と飲む約束なんだろ。護衛は必要か?」

バアルが一口でパンの半分を噛《か》みちぎりながら聞いてきた。

「必要ないわ」

「そうか。なら俺は船乗り達とカードでもするかな。お嬢、酒持ってるよな。安酒で良いから売ってくれ」

「良いわよ」

私は【強欲の魔導書】に保存されてる安価なお酒を数本、少し質の良いお酒を一本取り出しバアルに手渡す。

「代金は給金から引いておくわ」

「ありがとよ」

バアルは残っていたパンを口に放《ほう》り込み、酒瓶《さかびん》を抱《かか》えて船室を出ていった。スープの量は多く、半分近くが残ったが、これは明日の朝にミルクを加えてシチューにするのだと言ってルノアが風通しの良い場所に移していた。食後、お腹《なか》がいっぱいになったアリスは波の揺れが心地よかったのか、うとうとし出したので毛布で包みミレイに預ける。

「じゃあ、いって来るわね」

「はい。一応、お気をつけて」

ミレイに小さく頷《うなず》き船室を出た私は、イーグレットと待ち合わせている場所へと向かった。

甲板に出て後方デッキの方に視線を向けると、何かの道具が入れられているであろう木箱にイーグレットが腰掛《こしか》けていた。

「やぁ、良い夜だね」

「そうね」

空を見上げれば雲一つなく、満月の光が周囲を優《やさ》しく照らしていた。私が近づくとイーグレットはハンカチーフを木箱に敷いてくれる。まるでレストランで椅子を引く貴公子の様なキザな動作だが、不思議と様になっていた。

「手持ちで一番良い酒を持ってきたんだ」

そう言ってイーグレットが取り出したのは王国産の高級ワインだった。グラスにワインが注がれる音を聞き、私は持参した上質なチーズとクラッカーを盛った皿を置き、イーグレットからグラスを受け取ってそっと掲《かか》げる。

「君に出会えた幸運に」

「それによってもたらされる利益に」

「「乾杯《かんぱい》」」

グラスを軽く合わせてワインを口にする。豊かな葡萄《ぶどう》の香りが鼻を抜け、少し弱めのアルコールが喉《のど》を焼く。

「美味《うま》いな」

「そうね。良いワインだわ」

イーグレットがグラスに残っていたワインを一気に飲み干したので、私はボトルを手に取り彼《かれ》のグラスを再びワインで満たした。今度はグラスを染めるワインの色を楽しむ様に見つめてから少量を口に含《ふく》む。

「こいつはハルドリア王国のコルステット領のワイナリーで作られたワインだそうだぞ」

「惜《お》しいわね。そのワイナリーは五年前に経営者が替わってコルステット領に移転したの。このワインの年代から考えて、作られたのは移転前のワイナリーがあったヘイワーズ領よ」

「ほう、随分詳《ずいぶんくわ》しいな。五年前はまだ帝国と王国は戦争中だったと言うのに」

揶揄《からか》いを含むイーグレットの声色《こわいろ》に私はほんの一瞬《いっしゅん》言葉に詰まる。油断した。確かに私の年齢《ねんれい》では不自然な知識だったか。だが大した事ではない。

「ワインとカードゲームは商人の嗜《たしな》みよ」

「そうだな。そう言う事にしておこう」

私の返しに意味深に答えるイーグレット。これは少し警戒《けいかい》を強めた方がいいかも知れない。私の素性《すじょう》はそれなりのツテや情報網が有れば調べる事は不可能ではない。現に帝国商

業ギルド評議会のメンバーは皆《みな》、私の来歴を知っている気配があった。もしイーグレットが私の素性を知っているとするなら偶々《たまたま》同じ船に乗り合わせたと言うのは嘘《うそ》の可能性が高くなる。

「…………」

私が黙《だま》ってチーズを摘《つま》みながらゆっくりと魔力を放出して威圧《いあつ》すると、イーグレットは軽く息を吐《は》き出して両手を上げた。

「待て待て、降参だ。降参するからそれを止《や》めてくれ」

魔力を引っ込めるとイーグレットは冷《ひ》や汗《あせ》を流しながらワインを一口、口に含んだ。

「生きた心地がしなかったぜ。確かに俺はエリーが王国となにがしかの繋《つな》がりが有る事は知っているし、今回同じ船に乗ったのも狙《ねら》っての事だ。だが別に君をどうこうしようと思っている訳ではない。単に取引相手としてお近付きになりたかっただけだ」

クラッカーにチーズを載《の》せたイーグレットは思い出した様に口を開き、あからさまに話題を変える。

「ところでトレートル商会の商会長《白銀の魔女》エリー・レイスと言えば輝《かがや》くような銀《ぎん》髪《ぱつ》だと聞いていたが？　勿論、その黒曜石の様な黒髪も魅力的《みりょくてき》だが」

「染めているのよ。我《わ》が商会が新たに開発した髪染《かみぞ》め用の染料でね。その宣伝を兼《か》ねてテスターをしているの」

「ほぅ。染めていたのか。実に自然な仕上がりだ。貴族って奴《やつ》らは薄毛《うすげ》と白髪《しらが》を気にするのも多いから需要は有るだろうな。黒以外もあるのかい？」

「他の色はまだ研究中よ。今はまだ黒しか無いけれどいずれは多くの色が出来ると思うわ」

「実に魅力的な商品だ。完成したらぜひ我がバーチ商会と優先的に取引して頂きたいな」

「あら、優先権までを望むと言う事はバーチ商会が研究に出資してくれると受け取って良いのかしら」

「勿論だ。帝国内の販売に食《く》い込むつもりは無いから、王国への輸出分に噛ませて欲しい。出資額については後日改めて商談といこう」

　属国であるナイル王国に拠点を置くバーチ商会がハルドリア王国にどれくらいの影響力を持つのかは分からないが、王国側でトレートル商会の商品を扱《あつか》う商会が有るのは私にとっても都合がいい。いずれ本格的に帝国国外へ手を伸ばす時には新しい商会を立ち上げるか、既存《きそん》の商会と関係を構築する必要があると考えていたが、それをイーグレットのバーチ商会が担《にな》ってくれるのなら話が早い。

「ところでトレートル商会の主力商品は確か化粧品だろ？　獣王連合国ではあまり需要は無いと思うのだが。獣人族は匂いの強い化粧品を嫌《きら》うからな」

イーグレットはおそらく自身もあまり化粧品が好きではないのだろう。狼の尻尾《しっぽ》が不規則に揺れていた。

「新開発の化粧品よ。私も今付けているけれど気にならないでしょう」

「てっきり今は簡単な化粧水《けしょうすい》くらいしか付けていないと思っていた」

驚《おどろ》くイーグレットにもう一つ、今後の商会の主力商品となる物を伝える。

「これ。何かわかるかしら？」

私が取り出したのは一枚のハンカチーフだ。淡《あわ》い水色のソレは刺繍《ししゅう》などはなくシンプルなデザインだが、その肌触《はだざわ》りはまるで流れる水の如く柔《やわ》らかい。

「まさか……アクアシルクか！」

「ええ。まだようやく生産が軌道《きどう》に乗って来たところだけどね」

「驚いたな。幻《まぼろし》の布じゃないか。そいつも是非《ぜひ》取引品目に加えて欲しい。俺の故郷は一年の大半が暑く雨が少ないから簡単な冷却魔法《れいきゃくまほう》を施《ほどこ》すだけで王侯《おうこう》貴族が飛び付くぞ」

「錬金術による魔法付与《ふよ》ね。売り込むツテはあるの？」

「直接王家に持ち込むのは無理だが、王室御用達《ごようたし》の商会へのツテならある」

「悪くないわね」

イーグレットが提案して来た話は私も以前考えた事がある話だった。ナイル王国の気候を考えるとアクアシルクの需要は高い。しかし、ナイル王国はハルドリア王国の属国の中でもかなり南の方にあり、半島である獣王連合国の様に帝国の商会が直接取引するには何かとハードルが高かったので保留にしていたのだ。

「取引量によっては取引を考えても良いわ」

「勿論、そこに金をケチるつもりはないさ。アクアシルクなら確実に利益が出るからな」

それから私とイーグレットはワインを飲《の》み交《か》わしながら幾《いく》つかの商談をまとめたのだった。

◇

久しぶりにゆっくりとワインを楽しんだ翌日。私は昨日の酒を引きずる事なくスッキリと目を覚ました。アリスは昨日早く寝《ね》たせいか私が起きた時には既にパッチリと目覚めていた。ルノアとミーシャはまだ眠っており、ミレイは着《き》替《が》えを済ませて朝の紅茶を淹《い》れる用意をしている。軽く身なりを整え、アリスと共に外に出ると空は白み始めており、朝特有の冷たい潮風が私の髪《かみ》を靡《なび》かせた。背後から近づいてくる気配に振《ふ》り向くと昨日より少しラフな格好のイーグレットの姿が有り、その手には船員から借り受けたのだろう釣《つ》り竿《ざお》が握られている。

「やぁ、エリー。昨日は楽しい夜だったな」

「そうね。貴方はこれから釣りかしら？」

「何か暇《ひま》つぶしはないかと聞いたら釣り竿を貸してくれたんだ」

「お魚？」

「ああ、この糸の先に餌を付けて魚を釣るんだ」

「ママ、アリスもやりたい！」

「そうね。朝食を食べたら竿《さお》を借りられるか聞いてみましょうか」

「うん」

「じゃあ、俺は向こうで釣ってるから」

「ええ」

船尾の方に向かうイーグレットと別れた私とアリスは甲板掃除《かんぱんそうじ》をしている船員達と軽く言葉を交わして歩く。

「ママ。あの人はなにをしてるの？」

アリスが指差したのはマストの上で望遠鏡を構える檣楼員《しょうろう》と呼ばれる見張り役の船員だ。

「彼は船が海賊《かいぞく》や魔物《まもの》に襲《おそ》われたりしない様にあそこで見張ってくれているのよ」

「へぇ」

目を輝かせてマスト上の見張り台を見上げるアリス。私は近くの船員を呼び止めた。

「少しいい？」

「ん？　何だ」

「少しだけマストに登ってもいいかしら？」

「は？　アンタがか？」

「ええ」

私が答えると船員は冗談《じょうだん》だとでも思ったのか噴《ふ》き出して笑う。

「はっはっは。いいぞ。出来るもんならな。でも落ちても自己《じこ》責任で頼むぜ」

「わかったわ。ありがとう」

何はともあれ許可は貰《もら》った。アリスを抱き上げた私は魔力を纏《まと》う。

「アリス掴まっていなさいね」

「うん」

「え？」

甲板を破壊《はかい》しない様に注意して跳躍《ちょうやく》する。流石に全力ではないので見張り台までは跳《と》べないためマストの金具やロープを足場に更に数回跳躍して見張り台まで登って来た。

「なっ！」

「ごめんなさいね。直《す》ぐに降りるから」

檣楼員に断りを入れてアリスを下ろす。勿論、落ちない様にしっかりと手は繋いでいる。

見張り台からの景色は朝日が海を照らし、乱反射する水面が宝石の様に輝いて見え、キラキラと瞬《また》く光が太陽から船まで真《ま》っ直ぐに伸びていた。

「うわ〜」

言葉も無く美しい景色を食い入る様に見るアリスと共に日の出を見届けた私は、再びアリスを抱え直すと、檣楼員の船員に一言詫《わ》びてマストを飛び降りた。マストに登る事を許可してくれた船員に後で釣り竿を借りられる様に頼み、アリスとの散歩を続けた。


アリスと手を繋ぎ船室へと戻《もど》ると、ルノアとミーシャも既に目覚めており、昨日の残りの野菜スープにミルクを足したシチューや焼き直したパンが並べられていた。

「お帰りなさい。散歩は楽しかったですか？」

「うん！　あのね、海がキラキラでね！　光がぶわってね」

興奮して話すアリスにミレイは果物を混ぜたミルクを手渡し、私はミーシャからコーヒーを受け取る。

「日の出を見たのですね」

「ええ、海に昇る太陽はなかなか美しかったわ」

「今日は何か予定は有るのですか？」

「この後は釣りをするつもりよ。釣り竿を借りられる様に頼んであるわ」

朝食の後片付けを終えた私達は、船員から釣り竿を借りて船尾へと足を運んだ。


既に釣りを始めていたイーグレットに一声掛けて私達も釣りを始める。小さな魚の切り身を針に付けてアリスに手渡し餌を投げ入れさせた。背後からアリスを抱き抱える様に一緒に竿を握って魚がかかるのを待つ。隣《となり》ではルノアやミーシャも釣りを始めている。バアルは一回り大きな針に大きな切り身を付けて大物を狙うつもりらしい。ミレイが全員分の飲み物を用意したりアリスに帽子《ぼうし》を被《かぶ》せたりとしている内にグッと引っ張られる様な感《かん》触《しょく》が竿に伝わった。

「わ⁉」

驚くアリスの持つ竿を立てて針を魚に掛ける。暴れ回る魚に驚きながらもアリスが釣り上げた魚はなかなか大きなサイズだった。

「お、良いサイズだな。その魚はかなり美味いぞ」

「ほんと？」

「ああ」

針から魚を外してやったバアルが魚をバケツに入れて自分の竿に戻りながら懐《ふところ》からタバコを取り出して火をつけた。私はそのタバコの先を凍《こお》らせて火を消した。

「おわ！」

「アリスの前では禁煙《きんえん》よ」

「ええ⁉」

渋々《しぶしぶ》タバコをしまったバアルやルノアやミーシャの竿にも魚が掛かり、私達は二十匹程《ぴきほど》の魚を釣りあげたのだった。


船旅も半分が過ぎた頃《ころ》、アリス達も船に慣れ落ち着いた時間が過ぎていた。昨日から船室でアリス達に勉強を教えているのだが、昼前に少し休息として風に当たっていた。アリス達は船員達の仕事を遠目に見学しており、私は同様に風に当たっていたイーグレットと雑談に興じていた。すると突然《とつぜん》船が大きく揺《ゆ》れ、激しい震動《しんどう》に私達は咄嗟《とっさ》に床《ゆか》に手を突いてバランスをとる。

「な、なんだ⁉」

「ただの高波じゃないわ！」

急ぎ甲板に目をやると、ルノアとミーシャがアリスの体を捕《つか》まえてマストから伸《の》びるロープに捕まっていた。

「ルノア、ミーシャ。アリスを放《はな》さないで！」

「は、はい！」

「ルノア様、アリス様にロープを！」

「うん！」

ミーシャが拾ったロープをアリスの腰《こし》に結びつけるのを見ながら、慌てて駆《か》ける船員に声を掛ける。

「何があったの」

「クラーケンだ！　船尾に取り付きやがった！　アンタらも死にたくなければ何かに捕まってろ！」

そう叫《さけ》んで船員は船長室へと向かった。

「クラーケンだと⁉　不味《まず》いぞ」

「船尾に向かうわ。イーグレットは船室に避《ひ》難《なん》して」

「馬鹿を言え。エリーが行くなら俺も行くさ」

イーグレットは肩を竦《すく》めてそう言うと腰に下げた剣《けん》を引き抜《ぬ》いた。その剣は刃《やいば》が大きく湾曲《わんきょく》している。確かシャムシールと呼ばれる剣だ。私とイーグレットが船尾に向かおうとした時、船室に繋がるドアが勢いよく開かれる。

「たく、何の騒《さわ》ぎだこれは！」

「エリー様！」

「バアル！　ミレイ！　子供達とマストをお願い！　船尾にクラーケンが現れたわ」

二人の返事を聞く前に私は駆け出した。隣《となり》を走るイーグレットが疑問の声を上げる。

「子供達を守れってのは分かるが、マストを守れってのは何故《なぜ》だい？」

「私も知識として知っているだけだけど、クラーケンの様な大型の海洋性の魔物《まもの》にはお零《こぼ》れ狙いのギルマンが付いている事が多いらしいわ」

「ギルマン……海ゴブリンとか言うアレか。ギルマンは船のマストを狙ってくると聞いた事がある」

「マストをやられたら航行不能になるからよ。足を止めたら船底に穴を開けて沈《しず》めるの」

ミレイやバアルが居ればあちらは大丈夫だろう。問題はクラーケンの方だ。巨大《きょだい》なイカの魔物であるクラーケンはその触腕《しょくわん》で船を水中に引き込《こ》む恐《おそ》ろしい魔物だ。このサイズの交易船でも長くは持たない。階段を駆け上がり船尾のデッキに出ると白く巨大な触腕が船に絡《から》みつき、海へと引き込もうとしていた。触腕の先には船と変わらない程の巨大なクラーケンの胴体《どうたい》が半分を水面から出していた。

槍《やり》や剣で武装した船員達が触腕を斬《き》りつけているが効果は薄《うす》い。船尾のデッキに吸盤《きゅうばん》を貼《は》り付けた一際《ひときわ》太い触腕に駆け寄り、腰のフリューゲルを抜き放ちながら切り捨てる。

「やるねぇ」

イーグレットがすぐ隣の触腕を同じように切り飛ばす。

「貴方もね」

イーグレットの剣の腕前《うでまえ》はかなりの物だ。揺れる船上での身のこなしから弱くはないとは思っていたが、あの太さの粘液《ねんえき》で保護されたクラーケンの触腕を一太刀《ひとたち》で切断するとは思わなかった。

私達が二本の触腕を切った事で船に掛けられた力が弱まったが、次の瞬間《しゅんかん》には再生して再び船体に触腕が叩《たた》きつけられる。クラーケンは触腕を切断した私達を敵と判断したのか、船員達に攻撃《こうげき》されていた一本の触腕を持ち上げたかと思うと、その触腕でデッキの上を薙《な》ぎ払《はら》った。船員達は弾《はじ》き飛ばされたが、私とイーグレットは触腕を切断する事で回避《かいひ》し、更に怯《ひる》んだ隙《すき》にクラーケンの本体に向かって氷の槍を放った。氷の槍は突《つ》き刺《さ》さった箇所《かしょ》から周囲を凍結《とうけつ》させるが、その勢いは次第《しだい》に弱まり直ぐに治癒《ちゆ》してしまう。

「なんか最近、妙《みよう》に治癒力《ちゆりよく》が高いのと戦ってる気がするわ」

「ほう、ではエリーはこういった手合いには慣れていると？」

イーグレットの揶揄いの言葉に苦笑いで返し、飛ばされた船員の方を見る。幸い海に投げ出された者は居ない様だが、一人は気を失っている。更に悪い事にマストが有る辺りが騒がしくなって来た。おそらくギルマンの襲撃《しゆうげき》だろう。

「此処は私達がやるわ。貴方達《あなたたち》はギルマンを」

「わ、わかった！」

船員をギルマンの方に送った私はイーグレットと並びフリューゲルを構えた。

「プランは有るのかい？」

「さぁ、どうしたものかしら」

◆

エリーがイーグレットと共に船尾に向かった後、ミレイとバアルはマストのロープに掴まるアリス達の近くへと集まっていた。

「クラーケンってこたぁ、ギルマンが来るかもしれねぇな。嬢ちゃん達を船室に避難させるか？」

「いいえ。私達の目の届くところに居た方が安全でしょう。マストがやられると遭難《そうなん》の危険が有ります。この場に留《とど》まり防衛に力添《ちからぞ》えをしましょう」

「わかった。嬢ちゃん達はマストから離れるなよ」

バアルは船員達の指揮をとっていた船長の姿を視界にとらえて声を張り上げる。

「俺達も防衛に加わる！　周囲にギルマンの姿は有るか⁉」

「水中の影《かげ》を確認《かくにん》している。かなりの数だ」

「マストは任せろ。船員は舵《かじ》の方へ回せ」

「助かる。ハーミット伯爵《はくしやく》閣下からアンタらは紛争《ふんそう》で活躍《かつやく》したと聞いている。悪いが頼《たよ》らせて貰おう」

「おう。そうしろ」

紛争で活躍したのはエリーとミレイだが、バアルは一々説明する必要はないと船長へと手を上げて返した。

「来るぞぉ！」

水面を監視《かんし》していた船員が叫ぶと、海水が大きく噴《ふ》き上がりギルマンの群れが甲板へと飛び上がって来た。体格はゴブリンと変わらず、大人の背丈《せたけ》の半分くらいだが、その体にはびっしりと鱗《うろこ》が生えており、大きな目がギョロリと周囲を見回している。手には難破船から折り取った様な鉄の棒に硬《かた》い殻《から》を持つ巻貝の魔物アイアンシェルの殻を取り付けた槍を手にしている。中には亀《かめ》の甲羅《こうら》を使った盾《たて》や人間から略奪《りゃくだつ》した武器を装備しているギルマンも居た。

「そこそこの武器を持っている奴も居るな。かなり大きな群れだ。

「来ますよ。ルノア！　ミーシャ！　アリスと自分の身を守る事を優先しなさい」

ギルマンは海ゴブリンなどと呼ばれているがゴブリンとは別種の魔物だ。しかしその習性は似通っており、知能もそれなりに有る。人間の船はマストを破壊すれば航行能力が著《いちじる》しく低下する事を彼らは経験則として知っているのだ。

「おらぁ！」

バアルは腰の剣に手を掛ける事もなく、真っ先に突っ込んできた重武装のギルマンに無造作に拳《こぶし》を叩き込む。魔力《まりょく》で強化されたバアルの拳は頑強《がんきょう》な亀の魔物の甲羅で作られた盾をビスケットの様に砕《くだ》き、硬い鱗を物ともせずに命を奪《うば》い、更《さら》に後に続いていたギルマンを纏めて吹き飛ばした。その横でミレイも自分に向けて繰《く》り出される突きを危なげなく躱《かわ》して背後に回ると。短剣《たんけん》をギルマンの鱗の隙間《すきま》に突き立てて急所を抉《えぐ》った。

「旋風《せんぷう》よ　我が敵を縛《しば》れ　【風枷《エア・バインド》】」

ルノアが拘束魔法《こうそくまほう》を唱えるとギルマンの周囲に風の渦《うず》が出来てその足を止めた。その隙に身を低くして近づいたミーシャが跳躍し大きな目玉に短剣を突き入れて脳を破壊する。周囲でも船員達《たち》が手にした武器でギルマンから船を守っており、船長は自身の身長に近い大きさの錨《いかり》を振り回してギルマンを叩き潰《つぶ》している。

「は！　歳《とし》のわりにはやるじゃねぇか、爺《じい》さん」

「ふん！　丘《おか》のもやし共と一緒《いっしょ》にすんじゃねぇよ」

船長の錨がまた一体のギルマンの頭をミンチにした時、船尾に繋がる階段から船員達が転がる様に姿を現した。

「おい！　クラーケンはどうした⁉」

「お、俺達《おれたち》じゃあ手に負えねぇッスよ」

「今、商人の二人が戦ってくれてます」

船長は舌打ちしながら後頭部を掻《か》く。

「たっく情けねぇ。それでも海の男か！　もう良い俺《おれ》が行く。お前らは気絶している馬鹿を船室に放り込んだらギルマンの相手をしろ」

「は、はい！」

船長はギルマンに問題なく対抗《たいこう》している事を確認して船尾へと向かった。

◇

縦横無尽《じゅうおうむじん》に振るわれるクラーケンの触腕は一度でも捕まればたちまち水中に引き摺《ず》り込まれてしまうだろう。その為《ため》、私とイーグレットは攻撃を躱し、避《よ》けきれない物は切断してしのぐ。

「なぁ、魔《ま》法《ほう》で如《ど》何《う》にか出来ないのか？」

「出来るけれどクラーケンと船が近すぎるわね。この船ごと凍りつく事になるわ」

「つまり、クラーケンが船から離れたら如何にか出来るってことか？」

「そうね。十メートルほど離してくれたら問題ないわ」

「よし、なら決まりだ」

「出来るの？」

「多分な」

イーグレットは自らを捕《と》らえようと迫《せま》る触腕を流れる様な動作で切り払いながらクラーケンに向かって駆け出した。何をするつもりなのかは定かではないが、彼のプランが成功すればクラーケンは船から離れる。私はその隙を逃《のが》さない様に魔法の詠唱《えいしょう》に入る。

クラーケンの本体に近づく程《ほど》密度が濃《こ》くなる触腕の嵐《あらし》を最小限の動きで走り抜けたイーグレットは右手に持っていたシャムシールを左手に持ち替《か》えると、その体から魔力を放ち、その魔力を次の瞬間に右手へと凝縮《ぎょうしゅく》する。

「神器【飢え乾く砂丘《サハラー・ザーフエン》】」

極限まで凝縮され神器として物質化した魔力は左手に持ったシャムシールと同じ形を取り、イーグレットは両手に持ったシャムシールを頭上で交差させて構えて深く腰を落としたかと思うと勢いよく跳躍した。

「【侵食砂漠《サハラー・タアークル》】」

振り下ろされたイーグレットのシャムシールから放たれた砂が船尾《せんび》を捕らえていた触腕に纏わりつくと、その触腕から急激に水分を吸収し始める。コレにはクラーケンも驚いたのか触腕を引き戻し海へと突っ込みイーグレットの神器によって生み出された砂を振り払おうとしていた。しかし、そんな隙を与《あた》えるつもりはない。

「【銀世界《グラセ・モンド》】」

私の魔法は船から離れたクラーケンを海ごと凍らせて行く。巨体《きょたい》ゆえ、保有している魔力も大きいクラーケンを殺し切る事は出来なかったが、胴体の半分以上が海と共に氷漬《づ》けになり、逃れようともがくクラーケンを拘束《こうそく》していた。

「おお、凄《すご》いな。これが白銀の魔女《まじょ》の魔法か」

凍り付いた海を見ながらイーグレットは言う。

「魔法と言うなら貴方《あなた》のもね。砂の魔法なんて珍《めずら》しいじゃない」

「俺の故郷の周りは砂だらけだからな。そのイメージが地属性魔法として発現したんだろう。魔力は多いんだが魔法センスがいまいちでな。神器を発動して底上げしないと使えない技だ」

そんな話をしながら船尾から凍った海へと降り立った私達は目の前でもがくクラーケンの胴体を切り裂《さ》き魔石《ませき》を破壊した。

「おい！　なんだこりゃ！　お前ら何をしたんだ⁉」

頭上から降ってきたその声に振り向くと大きな錨を肩《かた》に担《かつ》いだ船長が目を丸くして驚いていた。

◆

ハルドリア王国の王城の正面に多数の馬車が並んでいた。この馬車の多くは頑丈《がんじょう》で荷物を多く乗せられる様に作られた物資輸送用の馬車だ。その他の馬車の三分の二が護衛の兵

士が乗り込む物で、残りが使者となる要人が乗り込む馬車だ。

獣王連合国が王国内で起こったロックイート男爵領《だんしゃく》の内乱に武器を供与《きょうよ》していた可能性が浮上《ふじょう》した為、その真意を見極《みきわ》めるべく、宰相《さいしょう》であるジーク・レイストンが使節団の団長として獣王連合国へと向かう事になったのだ。

「それでは行ってまいります」

「うむ。頼《たの》むぞ。レオンの奴が内乱を誘発《ゆうはつ》させるなどと言う卑怯《ひきょう》な真似《まね》をするとは思えんが、彼の国も一枚岩ではあるまい」

「はい。故に私自身が出向き獣王レオン陛下との会談に臨《のぞ》みます」

「お前なら何も心配など要《い》らぬだろうが気をつけろよ」

「御意《ぎょい》」

ジークはブラートに臣下の礼をとると外で待たせている馬車へと向かった。道中、ジークを一人の少女が呼び止めた。ジークはその人物の姿を認めると深々と頭を下げる。

「ご機嫌麗《きげんうるわ》しゅう存じます。アデル王女殿下《でんか》」

「ああ、頭を上げよ。ジーク、君はこれから獣王連合国だったね」

「はい。昨今の情勢を鑑《かんが》み、私がブラート陛下の名代として彼《か》の国へと赴《おもむ》く事となりました」

「そう。……君はロックイート男爵領の件は獣王連合国の仕業《しわざ》だと思うかい？」

ジークは少し悩《なや》んだ後、『私見ですが』と前置きして自身の考えを話した。

「私は今回のロックイート男爵領の反乱に獣王連合国は関与《かんよ》していないと考えています。王太子の婚約者《こんやくしゃ》の実家の領地が反乱によって荒《あ》れ、更にその反乱で使用された武器が強固な関係に有った筈《はず》の獣王連合国で作られた物だと判明するなど、少々出来過ぎていると感じます」

ジークの言葉にアデルは首肯《しゅこう》しジークと同じ可能性を考えていた事を示した。

「そうだね。ボクも同じ考えだよ。どうもこの一件の裏には何かありそうだ。十分に注意して向かってくれ」

「御意」

深く頭を下げて馬車に向かうジークの背に、アデルは呟《つぶや》くよう言葉を投げる。

「もし、これが全てエリザベート姉様が仕組んだ事なら……」

◇◆☆◆◇

ユーティア帝国《ていこく》から獣王連合国へ向かう魔導船の最上級客室からデッキへと出たルイス

は手摺《てす》りにもたれかかり海を眺《なが》める。

「確かこの辺りの海域はその昔、白銀の魔女様がクラーケンを討伐《とうばつ》したって話ですね」

「ミーレ」

ルイスにに続きデッキに出てきたミーレは風に靡く黒髪《くろかみ》を手で押《お》さえながらルイスの隣に立った。

「もし今、クラーケンが出たらどうしますか?」

「はは、今の時代ではそんな事はそうそうないよ」

この船は最新の魔導船だ。船底からは魔物が忌避《きひ》する波長の魔力が定期的に放たれている為、魔物に襲《おそ》われる事は滅多《めった》にない。

「獣王連合国では大きな商談があるのですからあまり潮風に当たりすぎて風邪《かぜ》をひかないでくださいよ」

「そうだね。直ぐに戻るよ」

ルイスと共に部屋に戻りながらミーレは手帳を取り出しながら言う。

「アクアシルクの取引量を増やして欲《ほ》しいって先方からの要望が届いていましたが、どうされるのですか?」

「流石《さすが》にアクアシルクの取引量を増やすのは難しいな」

「そうですよね。化粧品《けしょうひん》の方はまだ余裕《よゆう》があるのですが」

「獣王連合国の中ではウチの商会の化粧品が九十％のシェアを握《にぎ》っているからこれ以上は難しいよね」

部屋に戻ったルイスが困った物だと苦笑いを浮《う》かべてワインを手に取ると、ミーレがタイミング良く二つのグラスをテーブルに置くのだった。

トレートトル商会顧問《こもん》兼《けん》カールトン商会商会長、ルイス・カールトンと専属秘書ミーレ・カタリアの旅路。

# 三章 《獣王連合国》

　獣王連合国に到着《とうちゃく》した船は港の沖合に錨を下ろした。この港は遠浅で大型の船舶《せんぱく》は接岸が難しいらしい。イーグレットと共に小舟《こぶね》に移った私達は岸から伸びる桟橋《さんばし》へと進み上陸した。すると今まで潮風に紛《まぎ》れて分からなかった独特な空気が感じられた。ミーシャが何度か空気を吸《す》い込み戸惑《とまど》った様に言った。

「なんだか不思議な匂《にお》いですね」

「この辺りでよく栽培《さいばい》されている香辛料《こうしんりょう》の匂いね」

「帝国の気候では栽培出来ないけれど獣王連合国では栽培が容易だから他国にも多く輸出している香辛料ですよね。確か獣王連合国の主要な農産物の一つだと習いました」

「そうよ。一年を通して朝晩の気温差が大きい気候とある程度高い湿度《しつど》が必要なの」

　桟橋から港を通り大きな港町の大通りを歩きながらルノアに追加の説明をした。海を背に大通りを歩いているとイーグレットが一軒《けん》の食堂を指差した。

「あの食堂は魚介類《ぎょかいるい》のスープが美味いぞ。店にパン窯《がま》が有って海苔《のり》を練《ね》り込んだ焼き立てのパンをスープに浸《ひた》して食べるんだ」

「へ～。美味《おい》しそうね。海苔を練り込んだパンは聞いた事がないわ。地方の隠《かく》れた名物というやつかしら？」

「そうだな。海苔があまり日持ちしないからな。この街の外だと見かけないな」

「美味しそうですね」

「今夜の宿の夕食はなしにして食堂に行きますか？」

「いやいや、ミーシャちゃん。あの食堂は夜は船乗り達が酒を飲みに集まって来るからやめた方が良いぞ」

「そうなのですか？　イーグレット様」

「ああ。おすすめは朝食時が少し過ぎた頃だな。朝の早くは仕事に出る漁師や船乗りが多いから少し時間をずらすんだ」

「では明日は朝食は軽くして出発前に食堂で食事にしましょうか」

「そうね。ミレイ。宿の方に朝食の件を伝えておいてね」

「畏《かしこ》まりました」

「貴方もこの街で一泊《ぱく》するの？」

私が尋《たず》ねたらイーグレットが残念そうに首を振った。

「そうしたいのは山々だが、ウチの商会の者が迎《むか》えに来てる筈なんだ。今日は隣の街に有る支店に泊《と》まる事になってる。もし一緒に行くなら馬車に同乗しても良いが、どうする？」

「ありがとう。でも遠慮《えんりよ》させて貰うわ。この街で少し休んでから王都に向かうつもりだから」

「そうか。残念だがエリー達にも予定が有るだろうからな。まぁ、俺も王都でいくつか商談があるからそっちで会えるかもな」

そう言ったイーグレットは遠くに馬車を見つけて軽く右手を上げた。すると馬車の側の人影《ひとかげ》も手を振り返した。イーグレットのバーチ商会の商会員なのだろう。

「時間通りか。俺の部下は優秀《ゆうしゆう》だな。せっかくなら少し遅《おく》れてくれても良かったんだがな」

肩を竦め軽口を叩いたイーグレットは私達に別れを告げて馬車の方へと向かって行った。

イーグレットと別れた私たちは彼《かれ》から教えて貰った宿へと足を運ぶ。海に沈んでいく太陽を嬉《うれ》しそうに見ているアリスの手を引いて道なりに進むと『黄金の風亭《てい》』と看板が下げられた宿が見えてきた。レンガ造りの二階建ての小洒落《こじやれ》た宿だ。中に入ると大柄《おおがら》な熊人族の女将《おかみ》が明るい声で出迎《でむか》えてくれる。

「いらっしゃい」

「六人なんだけれど部屋は有るかしら」

「大丈夫《だいじょうぶ》だよ。二人部屋二つと一人部屋一つで良いかい？　そっちのお嬢《じょう》ちゃんは誰《だれ》かと一緒で良いだろう？」

「ええ。この子は私と一緒でいいわ。ルノアとミーシャは同室でいいわよね？」

「はい」

「大丈夫です」

女将から鍵《かぎ》を受け取った私達は二階に上がりそれぞれ部屋へと荷物を運び込む。部屋は窓から白波が立つ海や活気の良い市場を見《み》渡《わた》すことができた。ようやく一息つけたところでルノア達が私達の部屋へとやって来た。

「なんだかまだ足元が揺れている気がします」

「そうですね。潮風と波の音の所為《せい》かも知れませんがまだ船の上にいる様な気がします」

私は二人の反応にくすくすと笑いながら船の中との大きな違《ちが》いを教えてあげる事にした。

「でも今晩の食事は船の中とは違うわよ」

「そうでした！」

「干し野菜も味が凝縮されていて美味しかったですが、やはり新鮮《しんせん》なお野菜もいいですよね」

「ママ、おなか空いた」

「そうね、多分そろそろ……」

言い掛《か》けた私の言葉が終わらない内に扉《とびら》がノックされた。

「お嬢、メシだとよ」

「ええ、今行くわ」


宿の食堂に入ると女将が料理をお盆《ぼん》に載《の》せて持ってきた。

「お待たせ。あんた達船で来たんだろ。新鮮な野菜や肉を用意したから沢山《たくさん》食べな」

女将が机に沢山の皿を並べて行く。メインは沢山の野菜が入ったシチュー。それにサラダやパン。長く船に居た私達に配慮《はいりょ》したのか、港町ではあるものの魚料理は無い。確かに魚は船で沢山食べたのでこの気遣《きづか》いは嬉しい。

「このシチューなんだか帝国で食べる物と違う気がします」

「ミルクが違うんですかね？」

「そうね。獣王連合国では主に山羊《やぎ》のミルクが使われているのよ。帝国では牛のミルクが主流だから少し違和感《いわかん》があるのでしょう」

「帝国とはかなり気候が違いますから、同じ料理でも使われてる食材が違うのです。このパンに使われている小麦も帝国ではあまり出回っていない品種ですし、サラダに入っている野菜も帝国では見かけない種類の物がありますね」

ミレイの言葉を聞き、ルノアはパンに手を伸ばす。

「あ、本当ですね。帝国で食べているパンよりコクが有ると言うか、小麦の味が濃い気がします」

「でも少しパサパサしていますね」

ルノアとミーシャは帝国には無い食材について興味深げに話しており、その隣ではアリスがフルーツ入りのサラダが気に入ったのか黙々《もくもく》と食べていた。夕食を終え部屋に戻ると、船旅の疲《つか》れも有りアリスは直ぐに眠《ねむ》ってしまった。

「失礼します。ただいま戻りました」

アリスが蹴《け》ったせいで捲《めく》れた毛布をかけ直していると、外に出ていたミレイが戻ってきた。

「おかえりミレイ。どうだった？」

「はい。周囲に私達を探《さぐ》る者は確認できませんでした。また、イーグレット氏とバーチ商会の者たちも確かに街から離れた様です」

「そう。取り敢《あ》えずは問題ないわね。私達も休みましょう。明日は少し遅《おそ》めにイーグレットが言っていた食堂で食事をして、昼頃《ひるごろ》に出発するわよ」

「かしこまりました」

「じゃあ、おやすみ」

「おやすみなさいませ」

アリスの横に潜《もぐ》り込み、体温で暖まった毛布に直ぐに眠気《ねむけ》がやって来た。アリスを抱《だ》き込み意識を手放す瞬間、何故かは分からないが、一瞬《いっしゅん》イーグレットの顔が過《よぎ》った気がした。


翌朝、宿で軽く朝食を済ませた後、ミレイとバアルが馬車の手配へと向かったので私はアリス達を連れて散歩に出かけた。今回の旅はアリス達に他国の街並みを見せてやりたいと思い、かなり余裕のある予定を組んでいた。港町の朝は早く、ガタイの良い獣人《じゅうじん》族達が大声で談笑《だんしょう》しながら積荷を小舟で何往復もして船に運び込んでいた。

「活気のある港ですね」

「この港は帝国との貿易の玄関口《げんかんぐち》だからね」

「でも、活気はありますがあまり整備はされていない様に思うのですが？」

「それには獣人族の気風が関係しているのよ」

私はルノアとミーシャにこの国の少々特殊《とくしゅ》な気風について説明する。

「この獣王連合国は『連合国』という国名の通り複数の部族の集合体なのよ」

「複数の部族ですか？」

「ええ。獣王連合国は初代獣王が沢山あった部族をまとめ上げて建国したのよ。今期の獣王は獅子《しし》人族の長レオン・ライオンハートが務めているわ」

「今期？」

「獣王連合国は特定の王族が存在しないの。有力な十二の氏族からそれぞれ代表者を一人選出し、その中から王が選ばれるのだけれど、その選び方がまた特殊でね。獣王連合国では十年に一回行われる武闘《ぶとう》大会で国王を決めるのよ」

「ぶ、武闘大会で王を決めるのですか⁉」

「そうよ。よくわからない伝統だけど、獣王連合国はこれでうまくいっているのだから不思議よね。今のレオン陛下はその大会を三連覇《れんぱ》していて今年で王座に就《つ》いて三十年目になるわ」

「聞いた限りでは何処《どこ》かの属国になるような国には思えませんが？」

「この気風がハルドリア王国の属国になった原因なの。私が生まれる前の話だけど、獣王を決める武闘大会でレオン陛下が優勝した時に獣王連合国に来賓《らいひん》として訪《おとず》れていた当時王太子だったブラートが闖入《ちんにゅう》して優勝者であるレオン陛下に決闘《けっとう》を仕掛《しか》けたのよ」

「ええ⁉」

「そ、それって国際問題になるんじゃ……」

「それがならなかったのよ。ブラートが舞台《ぶたい》に上がり決闘を申《もう》し込んだときは大盛り上がりだったと聞いているわ。その後、三日間戦い続けた結果、ブラートが勝利を収めたわ」

「大丈夫だったのですか？　普通《ふつう》、自国の代表が負けたら……」

「大丈夫よ。この話は今でもこの国で人気があるから」

肩を竦めながらそう言う私の裾《すそ》をアリスが引く。

「ママ、みて！」

アリスが指差す先には砂浜《すなはま》に何人もの人が集まり海から網《あみ》を引き上げていた。

「あれなに？」

「あれは地引網《じびきあみ》よ。大きな網をみんなで引っ張って魚を捕まえるの」

「お魚いっぱい」

「そうね」

網が引き上げられるにつれて水面に跳《は》ねる魚が水飛沫《みずしぶき》をあげて朝日を反射させていた。

散歩を終えた私達は馬車の手配を終えたミレイとバアルの二人と合流して、イーグレットに教わった食堂へと訪れていた。聞いていた通り、朝食のピークは過ぎている様で、数人の老人が静かに食事をしているだけだった。

「いらっしゃい。好きなとこに座《すわ》りな」

店の奥《おく》から野太い声が掛かり、私達が適当に席に着くと十五歳くらいの少女が注文を取りにやって来た。

「いらっしゃいませ。ご注文はお決まりですか？」

「友人にこの店の海苔入りのパンと海鮮《かいせん》スープが美味しいと聞いたんだけど」

「はい。どちらもすぐにお出しできますよ」

「ならそれと水を人数分お願いするわ」

「ありがとうございます。少々お待ちください」

奥へと下がった少女は時間を置く事なく両手に盆を持ち戻《もど》ってきた。机の上に並べられたのは磯《いそ》の香りがするパン。まだ温かいので窯《かま》で温め直したのだろう。スープの方は透《す》き通った汁《しる》に焼いた魚と貝や甲殻類《こうかくるい》と共に根菜やハーブが美しく盛り付けられていた。

「わぁ、美味しいですね！」

「思ったよりも上品な味ね」

「このパンも不思議な香りですね」

「おいしい！」

「王都までの道程で食べられる様に少し購入《こうにゅう》して行きましょうか」

「おい、嬢ちゃん。おかわりを頼む」

「はーい！」

多少騒がしいかも知れないが、この食堂にはちょうど良いだろう。私達は食事を楽しんだ後、パンをいくつか購入して食堂を出た。港町のすぐ外にはミレイとバアルが用意した馬車が待っていた。兎《と》人族《じんぞく》の御者《ぎょしゃ》に料金と多めのチップを渡《わた》して馬車に乗り込んだ。バアルが警戒《けいかい》の為に御者の隣に座ると馬に鞭《むち》が入り馬車が走り始める。王都は港街から二時間程で到着する。

「長閑《のどか》な景色ですね」

「普通、王都と港を結ぶ街道《かいどう》は商人の積荷を狙《ねら》う野盗《やとう》が出たりすると思うのですが？」

「獣王連合国の国土の多くは平原と森でこの国の街道は視界が広く確保出来る上、王都の周囲は獣王連合国の冒険者《ぼうけんしゃ》によって魔物は討伐され、戦士団の巡回《じゅんかい》も有り野盗の類《たぐ》いも滅多に出る事はないのよ」

「かなり治安が良い道なんですね。

「それで街道沿いには多くに畑や家畜《かちく》の放牧場があり、近隣《きんりん》の村や町から農民や飼育員が安全に働きに出て来ているんですね」

「そうね。それにこの国の人々は強さを尊ぶ気風で、獣人族の身体能力もあり戦闘《せんとう》職以外でもそれなりに戦える者が多いのよ。村や町から離《はな》れて作業をするのは多少なりとも腕《うで》に覚えのある者が多いから野盗なんかは手は出さないそうよ」

働く人々を興味深げに見ている子供達に、私は栽培されている作物の事を教えたり、帝国とはかなり違うこの国の風習や生活習慣について説明しながら馬車に揺《ゆ》られるのだった。

◆

「クソっ！」

フリードは自室の机に拳を叩きつけた。アデルが王太子の仕事を熟《こな》す様になってからはフリードは実質、軟禁《なんきん》状態であった。フリードを支持する数少ない貴族を頼って手配した暗殺者はアデル達にあっさりと返り討《う》ちにされてしまった上、身柄《みがら》を押さえられた。

「あの暗殺者共を始末するのに更に暗殺者を送り込まなければならない！」

フリードは無意識の内に自身の親指の爪《つめ》を齧《かじ》りながらぶつぶつと呟く。

「あのクソアマがぁ！」

机の上に有った書類を薙ぎ払い、ワイングラスを床《ゆか》に叩きつける。

「どいつもこいつもっ！」

酒瓶《さかびん》が転がる広い室内を落ち着かずウロウロと歩きながらフリードは誰にともなく怒《いか》りを吐《は》き出す。部屋の周囲にはアデルの息の掛かった者達が監視しているので抜《ぬ》け出す事も出来ない。更にアデルはシルビアがエリザベートを貶《おとし》めた証拠《しょうこ》を集めているらしい。おそらくそうやって自分から王太子の地位を奪う為の小細工をしているのだろう、とフリードは考えていた。

「あ、あの、殿下」

「何だ！」

「ひっ⁉」

恐る恐る声を掛けたシルビアにフリードは怒りを吐き出す様に答えた。身を強《こわ》ばらせるシルビアを見てフリードは大きく深呼吸をしてゆっくりと息を吐き出した。

「すまない、シルビィ。家族を失った君も辛《つら》いだろう」

「は、はい。でも大丈夫です。私にはフリード様が居るから……」

「シルビィ」

嬉しそうにシルビアの肩に手を伸《の》ばすフリードに一歩近づくと、悲しげに肩を落とす。舞台女優の様に不自然な程に完璧《かんぺき》なタイミングだ。しかし、フリードには見た通り、シルビアが落ち込《こ》んだ様に見えていた。

「どうしたんだい？　愛《いと》しのシルビィ。何か心配事が有るなら言ってごらん」

「フリード様……じ、実は私、なぜだかアデル殿下に嫌《きら》われてしまったみたいで……」

軽く俯《うつむ》いたシルビアは目に涙《なみだ》を溜《た》めて見せ、声のトーンを少しずつ落としながらフリードに縋《すが》る様に身を寄せる。

「私はアデル殿下と仲良くしたいのに……」

「シルビィ。君はなんて優《やさ》しいんだ。あんな異国の血の混ざった不出来な妹など捨て置けば良いんだ。父上はああ言っているが、どうせ次の王は俺なんだからな。アデルは所詮《しょせん》女だ。それにその身に宿す魔力は風属性。国王の長子であり、王家の雷《かみなり》属性の魔力を継承《けいしょう》するこの俺が王になれない訳がない」

「……そうですね。でも、アデル殿下が大きな権力を持っているのも事実。今はアデル殿下との関係を改善するべきではないでしょうか？」

シルビアの提案にフリードは一瞬《いっしゅん》眉《まゆ》を顰《ひそ》めるが、すぐに破顔する。

「わかった。確かに妹を殺して王位に就《つ》くのは外聞が悪いな」

「そうですね。フリード様。アデル様に関しては二人で話し合いましょう」

◆

薄暗《うすぐら》い洞窟《どうくつ》の中、多くの魔物《まもの》の死骸《しがい》が積み上げられて居る開けた場所に一人の男が居た。

長く尖《とが》った耳に細い狐目《きつねめ》、帝国商業ギルド評議委員の一人、ロットン・フライウォークの姿をしたその男は主人よりナナフシの名を与えられていた。ナナフシが命令により赴いたのは獣王連合国の王都近郊《きんこう》にあるダンジョン。その最深部で身《み》の丈程《たけほど》もある大きな水晶《すいしょう》の様な物を前にしていた。

「これがダンジョンの核《かく》ですか。初めて見ましたが物凄《ものすご》い魔力を感じますね」

ダンジョンの核に手を伸ばそうとしたナナフシだが、それを妨害《ぼうがい》する様に空間が歪《ゆが》み魔物が現れる。

「突然《とつぜん》何の前触《まえぶ》れもなく魔物が生まれる。一体どう言う原理なのでしょうか?」

ナナフシは飛びかかってくる獅子の魔物に慌《あわ》てる事もない。

「【精霊召喚《サモン・エレメンタル》】」

ナナフシが呼び出した三体の精霊《せいれい》。光を放つ人型の精霊の大きさはそれぞれ人間の子供程度。しかし内包する魔力はかなりの物だ。それぞれ大楯《おおだて》、大剣《たいけん》、杖《つえ》を手にする精霊は獅子の魔物を受け止め、斬《き》り裂き、焼き尽《つ》くす。

「うん。やはりフライウォークの身体は優秀ですね。つい口調が引っ張られてしまいますが」

ニヤニヤと笑《え》みを浮かべるナナフシが指を鳴らすと精霊が一斉《いっせい》にダンジョンの核へと飛び掛かり破壊《はかい》する。瞬間《しゅんかん》、ダンジョン内の空気が変わった。魔物で溢《あふ》れ混沌《こんとん》とした中にも何処か秩序《ちつじょ》の様な物が有った空間が突然無法地帯と化したかの様な感覚だ。

「スタンピードまで数日と言ったところでしょうか。最深部に来るまで少々魔物を減らしてしまいましたが、問題はないでしょう」

砕けたダンジョンの核から漏《も》れ出した魔力によって新たな魔物が生まれる。ナナフシが倒《たお》した魔物程度は誤差だ。

「これで任務は終わりですね。王都に戻るとしましょう。今なら彼女にも会えるかも知れません」

ナナフシは興味を失った様に壊《こわ》れたダンジョンの核から視線を移し、出口へと向かって歩き始めたのだった。

◇

特に危険な事が起こる事もなく、数時間の間馬車に揺られた私達は無事に王都へと到着した。馬車を降りた私達は、問題なく王都へ入る手続きを済ませ、獣人連合国の王都を守る堅牢《けんろう》な防壁《ぼうへき》を通り抜けると、中央に聳《そび》え立つ無骨な王城が目に入った。そしてその隣《となり》には王城にも負けない大きな建物があり、アリスがその建物を指差して私に問い掛ける。

「ママ。あれはなに？」

帝都《ていと》には無い建物なので不思議に思ったのだろう。その建物は大きな円形で、中央に設置された舞台を取り囲む様に観客席が配置されている。周囲の石壁《ストーン・ウォール》や柱には屈強《くっきょう》な戦士や強力な魔物の姿が彫刻《ちょうこく》され、無骨な王城とは正反対に豪奢《ごうしゃ》な建造物だ。

「あれは闘技場《とうぎじょう》よ。あそこで十年に一度、国王を決定する武闘大会が開かれるの。普段《ふだん》は冒険者や剣闘士《けんとうし》の模擬《もぎ》戦や捕獲《ほかく》した魔物の討伐ショーをやっているそうよ」

私も一度だけ招待されて観戦した事が有るが、確かに獣人族の気性《きしょう》に合った娯楽《ごらく》のようだった。

「剣闘士ですか。お父さんに聞いた事があります。獣王連合国の奴隷《どれい》は剣闘奴隷として無理やり魔物や奴隷同士で戦わされるって」

ミーシャが耳を畳《たた》んでそう言うが、その頭をバアルがポンポンと軽く叩《たた》く。

「いやいや、今はそんな事はしてねぇらしいぞ。確かに何十年か前はそんな事があったが、今の獣王レオンの治政になってからは本人の意思を無視して戦闘奴隷《せんとうどれい》にする事は禁じられた。今居る剣闘奴隷は皆《みな》、自ら剣闘士になった奴《やつ》らだ」

「そうなのですか？」

「ああ、剣闘奴隷として一定の戦績を残せば奴隷身分からも解放される。中には奴隷から解放された後にも剣闘士として闘技場に残った奴もいるぜ」

バアルの説明に目を丸くするミーシャを横目に、私はアリスを抱き上げる。この道は少々馬車の往来が多く危険かも知れない。その後も、物珍《ものめずら》しい果物や怪《あや》しげな魔法道具を売る露店《ろてん》を軽く見ながら王都の中央付近にある高級宿《輝《かがや》く鬣亭《たてがみてい》》へとやって来た。石造りの三階建ての大きな宿だ。国外の商人を主に相手にしている店なので広い厩舎《きゅうしゃ》や馬車置き場があり、商談用の部屋や従者の控室《ひかえしつ》なども完備されている。

「ではエリー様、手続きをして参ります。ミーシャも一緒《いっしょ》に来てください」

「畏まりました。ミレイ様」

「ええ、お願いね」

ミレイとミーシャが手続きをしている間、私はロビーの中央にある噴水《ふんすい》の前のベンチに腰《こし》を下ろした。アリスはルノアと手を繋《つな》いで噴水を覗《のぞ》き込んでおり、バアルはさりげなく二人を守れる位置に立っている。

「おや、もしやレイス会長ではありませんか？」

私の名を呼ぶ声を聞き、振《ふ》り向くとエルフの男性が片手を上げて笑《え》みを浮かべていた。

「レイス会長。お久しぶりです」

「フライウォーク殿《どの》。お久しぶりです」

そこに居たのは帝国商業ギルド評議会の一人、《千里眼》ロットン・フライウォークだった。

「まさかこの国でレイス会長とお会いするとは思いませんでした。その髪《かみ》は染めておられるのですか？　ああ、これは失礼いたしました。此処《ここ》は獣王連合国ですからね」

「お気遣い頂き恐縮《きょうしゅく》ですわ。そう言えばこの宿もフライウォーク殿の経営する宿でしたね」

「ええ。ハルドリア王国との停戦から数年が経《た》ち、こちら側にも支店が増えましたからね。今回は各支店の視察をしていましてね。これから帝国へ戻るところだったのですよ」

「そうでしたか」

「ところでレイス会長。ナイル王国の話は聞きましたか？」

「ナイル王国？」

ハルドリア王国の属国の一国で、イーグレットのバーチ商会が本店を置く国だ。

「実は先日、ナイル王国で政変があったのです。第二王子が王位を狙って国王と王太子を謀殺《ぼうさつ》したのですが、その第二王子を第三王子が誅殺《ちゅうさつ》したそうです」

ナイル王国の第三王子か。存在は知っているが、自身が政争の火種にならない様に社交界に出ない人だったはずだ。

「第三王子は王位継承権《けいしょうけん》を放棄《ほうき》していたのですけれど、第二王子の謀叛《むほん》に巻き込まれて継承権のある王族が居なくなってしまったそうです。その為《ため》、その第三王子が急遽即位《きゅうきょそくい》する事になったようですよ」

「そう。大変な事になっているのね」

ナイル王国の政変か。あの国の情勢は安定していると思っていたのだけれど、周囲の属国が主国のハルドリア王国との関係が悪化した事が原因なのかしら？

「そんな訳ですから、今こちらの国ではあまり手を伸ばしすぎるのは危ないですよ。獣王連合国までは影響《えいきょう》はないでしょうが、ナイル王国の周辺国はかなり動揺《どうよう》が広がっているようですから」

「貴重な情報をありがとうございます」

「いえいえ。では私はこれで。レイス会長の商売の成功をお祈《いの》りしております」

商人らしい言葉を残してロットンは宿を出て行った。

「お待たせ致《いた》しました。エリー様」

「ご苦労様、ミレイ」

「あの方は確か帝国商業ギルド評議会の……」

「ロットン・フライウォーク氏よ。今、彼から気になる情報を聞いたわ。ナイル王国で政変が起こったって」

「本当ですか⁉」

「あの《千里眼》の情報だけれど裏は取る必要があるわ。今夜セイントバードを召喚《しょうかん》するから情報を集めて頂戴《ちょうだい》」

「畏まりました」

◆

ハルドリア王国の王城にあるアデルの執務室《しつむしつ》には新しい机が一つ増えていた。アデルやロゼリア同様に書類が山積みになった机にはエイワスの姿が有った。普段通りの涼《すず》しい顔で書類を仕分けしていたエイワスは通り掛かった紅茶を給仕《きゅうじ》していたメイドを呼び止める。

「君」

「はい」

「すまないがこの書類を財務大臣補佐に届けてくれるかな？」

「畏まりました」

「ああ、それと……」

書類を受け取り執務室を出ようとするメイドをエイワスは呼び止める。

「今度食事でもどうだい？　城下に美味しいケーキを出す喫茶店《きっさてん》があるんだ。是非《ぜひ》、美しい君と……」

「エイワス。ボクのメイドを毒牙《どくが》に掛けるんじゃない」

アデルが止めると、少し頬《ほお》を赤らめていたメイドは慌てて頭をさげて出ていった。

「あ～あ」

口を尖らせるエイワスを無視してアデルはロゼリアに顔を向ける。

「ロゼリア。もう準備は出来ているかい？」

「はい。アデル殿下」

「君には申し訳なく思っているよ。本当は婚約者の所に戻りたいだろう」

「そ、それは……はい」

「この仕事が終わったら長めの休みを取れる様に調整するからもう少しだけ頑張《がんば》ってくれ。もちろん侯爵《こうしゃく》家や辺境伯《はく》家にも相応の配慮を約束する」

「ありがとうございます」

ロゼリアとアデルの会話を黙《だま》って聞いていたエイワスが不満げな表情を浮かべる。

「アデル殿下《でんか》。その仕事の責任者は私のはずですが？」

「責任者はエイワスだよ。そしてエイワスの責任者がロゼリアだ」

アデルは懐《ふところ》から手紙を机に滑《すべ》られてエイワスとロゼリアの前に差し出した。

「招待状だよ。帝国の祝祭の。君達《たち》には王太子の代理人として帝国の祝祭に行って貰《もら》うからね。本当ならボクが行きたい所だけど、今は城を空ける事は出来ないしね。だから君達に任せるよ。出発は三日後だ。途中《とちゅう》、いくつかの村や町にも寄ってもらう事になっているからよろしくね」

「はい！」

「お任せを」

王国の代表の立場に緊張《きんちょう》するロゼリアと全く緊張する様子を見せないエイワスは実に対照的だった

◇

商談当日、私は獣王連合国の王都でも有数の商会であるスルスラ商会の応接室に通されていた。

「お待ちしておりました」

応接室で私達を出迎えたスルスラ商会の商会長は立派な二本の角を持つ牛人族の大男だ。

「お初にお目に掛かります。わたくし、スルスラ商会の会長を務めさせて頂いております。ドルッケン・スルスラと申します。以後、お見知り置き下さい」

「ご丁寧《ていねい》にありがとうございます。トレートル商会商会長エリー・レイスと申します」

ドルッケンはその巨体《きよたい》に似合わない丁寧な物腰《ものごし》で私達にソファを勧めた。礼を述べて私とルノアはソファに腰を下ろし、背後にミレイとミーシャが並んで立つ。ちなみにバアルとアリスは宿で留守番だ。

「本日はこの国へ輸出を考えている化粧品《けしょうひん》に関する商談とお聞きしているのですが」

「はい」

私が答えるとドルッケンは少し申し訳なさそうな顔をした。

「それは……申し訳ありませんが獣王連合国では化粧品を売るのはなかなか難しいでしょう」

「獣人族の方々の事情は理解しております。今回お持ちした化粧品は当商会が新たに開発した刺激《しげき》の少ないものなのです。一度ご確認《かくにん》頂きたく思います」

私の言葉に合わせてルノアが化粧品の入った瓶《びん》を取り出して机に並べて行く。

「こちらが獣人族の方々の体質に合わせて調合した新作の化粧品です」

「では失礼して」

ドルッケンがその大きな指で化粧品の入った小瓶《こびん》を摘《つま》み上げる。蓋《ふた》を外して中身を一雫《ひとしずく》自身の手の甲《こう》に塗《ぬ》り込んだドルッケンは少し驚《おどろ》いた顔をし、手の甲を顔に近づけて匂いを確かめた。

「メリーは居るかい？」

ドルッケンが隣の部屋に続く扉に向かって声を掛けると少しの間を置いて扉が開き羊人族の女性が一礼して入室した。

「わたくしの秘書のメリーです。彼女《かのじょ》の意見も聞かせて頂いてもよろしいでしょうか？」

「はい。もちろんです」

メリーを交えて化粧品を吟味《ぎんみ》したドルッケンは私が用意した商材全種類に加え、アクアシルクの輸入を決めてくれた。


商談を終えた私達がスルスラ商会を出ようとした時の事だ。商会の前に上等な馬車が停まった。その馬車を見た私は一瞬身を硬くした。素早《すばや》くミレイに目配せをすると、ミレイは自然な動作でフードを被《かぶ》った。御者が馬車の扉を開くと明らかに上位貴族とわかる身なりの男が降りてきた。人族のその男は商会の魔導《まどう》ランプの光をモノクルに反射させながら私達が居る入り口へと向かって歩き出した。私達はそっと端《はし》に寄ると丁寧に頭を下げる。不意に貴族とすれ違う時の商人の仕草としては普通の動作のはずだ。私はなるべく自身の感情が動かない様に気を遣《つか》いながら男が通り過ぎるのを待った。

「ん？」

ふと貴族の男が足を止める。あまり無い事だ。この場合は商人に軽く頷《うなず》くなり、手を挙げるなりして通りすぎる物だ。

「君は？」

「……本日、スルスラ商会様とお取引させて頂いておりました。トレートル商会と申します」

頭を下げたまま私がそう答える。

「そうか。顔を上げたまえ」

「…………」

顔を上げると貴族の男は僅《わず》かに眉間《みけん》に皺《しわ》を寄せる。

「失礼だが何処かでお会いしただろうか？」

「いいえ。私共は普段は帝都で活動しておりますので、王国の貴族様と関わる機会は有りませんですわ」

王国の貴族と言った事に少し不審《ふしん》そうにしたが、私の視線が男のコートに刺繍《ししゅう》された王国の貴族家の紋章《もんしょう》に向けられている事を確認して納得《なっとく》した様に頷いた。

「そうか。君の雰囲気《ふんいき》が知り合いに似ていたものでな」

「ふふ。女性への誘《さそ》い文句としては少々面白《おもしろ》みが欠けますわよ」

「重ねて失礼した。だが私は娘《むすめ》とかわらない女性に粉をかけるつもりはないよ」

「そうでしたか。少々自意識過剰《かじょう》でしたね」

私がそう言って笑みを見せると男は僅かに笑みのような物を浮《う》かべた。

「では私は失礼する」

そう言ってスルスラ商会へと入って行く貴族の男に頭を下げて見送った。商会の扉が閉まり頭を上げた私は背後から刺々《とげとげ》しい魔力《まりょく》を感じて振り向いた。ミレイから発せられた魔力に当てられてルノアは顔を青くしており、ミーシャは耳を伏《ふ》せて尻尾《しっぽ》を足に巻きつけていた。

「ミレイ。魔力を抑えなさい。気取られるわ」

「っ⁉ 申し訳ありません」

「あ、あの……今の貴族様が何か……？」

ルノアがおそるおそる聞くが私とミレイはその問いに答えずに馬車を回して乗り込んだ。

馬車が走り始めてから魔法《まほう》で御者に声が届かない様にしてから先ほどの質問に答えた。

「あの男はハルドリア王国宰相《さいしょう》ジーク・レイストン。私の父親よ」

「え⁉」

「で、ですが、先ほどエリー様とお話しをされていましたよね。お顔も正面から見ていましたし……」

「気づかなかったのでしょう。御髪《おぐし》を染めただけで自分の娘と気づかないのですから救いようがありません」

ミレイが憤《いきどお》りを隠《かく》せない様子で言った。現在、この国にジークが居る事はわかっていたが、まさかこんなところで出会うとは思わなかった。

◆

獣王連合国に入国したジークは懇意《こんい》にしているスルスラ商会に足を運んでいた。明日の獣王との謁見《えっけん》に備えて現在の獣王連合国内の内情に関する情報を得る為だ。商会の前に馬車が停まり、御者が扉を開ける。ジークが馬車から降り立つと既《すで》に陽は落ちており、スルスラ商会が設置している魔導ランプが商会の入り口までの道を照らしていた。従者がジークの荷物を手にしたのを確認して歩き出した。

「ん？」

その時入り口付近にいた商人らしき一団がスッと端により頭を下げた。女性商人と見習いらしき少女、従者も居る事からそれなりの規模の商会だろう。その商人達に軽く手を挙げて通り過ぎようとしたジークだったが、ふと足を止めて代表らしき黒髪《くろかみ》の女性商人に声を掛けた。なぜその女性が気になったのかはジーク自身にも分からなかった。何処かで会った覚えがある様な気がしたのだ。

「君は？」

「……本日、スルスラ商会様とお取引させて頂いておりました。トレートル商会と申します」

頭を下げたまま答える女性商人に妙《みょう》な既視感《きしかん》を覚えたジークは顔を上げる様に言った。濃《こ》い黒髪の女性商人の整った顔を見ると更《さら》に違和感《いわかん》は強まる。

「失礼だが何処かでお会いしただろうか？」

ジークが問うと女性商人は優雅《ゆうが》な動作で微笑《ほほえ》む。その佇《たたず》まいや僅かな動作からかなり高度な教育を受けた事がわかる。高位貴族令嬢《れいじょう》としても十分に通用する所作だ。

「いいえ。私共は普段は帝都で活動しておりますので、王国の貴族様と関わる機会は有りませんですわ」

名乗ってすらいないジークを王国の貴族と言った事に少し不審に思ったが、視線がコートに刺繍されたレイストン公爵《こうしゃく》家の紋章に向けられている事で納得した。公爵家とは言え、最近まで国交が無かった王国の貴族家の紋章も頭に入っている事から、かなり有能な商人なのだろうと判断したジークは、その教育レベルなどもあり、帝都の有名な商会の縁者《えんじゃ》だろうと推測した。それならば彼女の親類などを何処かのパーティなどで見掛《みか》けた可能性もあるだろう。ジークはそう納得した。

「そうか。君の雰囲気が知り合いに似ていたものでな」

「ふふ。女性への誘い文句としては少々面白みが欠けますわよ」

心情を読ませないアルカイックスマイルを浮かべ、僅かに棘《とげ》の有る言葉を放つ女性商人に、ジークは自身の物言いが少々礼を欠いていた事を謝罪する。

「重ねて失礼した。だが私は娘とかわらない女性に粉をかけるつもりはないよ」

「そうでしたか。少々自意識過剰でしたね」

「では私は失礼する」

商人達にそう告げてジークは商会へと入って行った。

◇

不愉快《ふゆかい》な遭遇《そうぐう》をへて宿に戻るとアリスをルノア達に任せてバアルとミレイを部屋に入れる。

「正直予想外だったわ」

「そうですね。まさかジーク・レイストンと遭遇するとは」

「でも好機じゃねぇのか？　この機会に暗殺してしまうとか」

「暗殺は難しいわね。護衛もかなりの手練《てだ》れを連れているでしょうし、本人もかなり戦えるわ。平時に殺そうとすれば必ず騒《さわ》ぎになる。本来の目的は獣王連合国との関係悪化を食い止めに来たジークを妨害する事だったけれど、すれ違《ちが》っただけとは言え名乗りを交《か》わしてしまった以上、下手に動けば気取られる可能性が有るわ」

「この国で大きく動くのが難しくなりましたね」

「ええ。仕方ないわ。予定を変更《へんこう》。今回は可能な限りジークの動向を見張り、情報収集に務める。大人しく商売をして次の機会を作りましょう」

今後の方針を決めた私達は夕食の為にアリス達と共に宿に近いレストランへと向かうのだった。

◇

大きな窓から明るい日差しが入るその部屋では机を挟《はさ》んで二人の人物が向かい合っていた。一人は冷徹《れいてつ》な雰囲気を持つ男。もう一人は男と似た気配は有るものの、まだ幼さが残る少女だった。

『これでおとう様の騎士《きし》は死に駒《ごま》ですわ』

『悪くない手だ』

少女がボードゲームの駒を動かすと男は間を置かずに自分の駒に手をつける。

『では私の竜騎士《りゅうきし》が此処に動けばどうする？』

『うぅ……』

少女は一手で状況《じょうきょう》が逆転してしまったボードゲームを悔《くや》しそうに見つめる。忙《いそが》しい父が珍《めずら》しく時間をとってくれた一日。厳しい教育の間の僅かな時間に少女が所望《しょもう》したゲームだ。

序盤《じょばん》は少女が優勢だったが、父は決定的な一撃《いちげき》は必ず回避《かいひ》して今逆転していた。少女の持ち時間を示す砂時計が落ちるのを視界に収めながらゆっくりと紅茶を飲む男だったが、おもむろに動いた少女の小さな手が作り出した一手に僅かに目を見張る。

『これでどうですか！　私の魔導師《まどうし》におとう様の竜騎士では対応できませんよ』

男が使ったのは必勝の手だった。詰みまでの手が完璧に組まれている。だが少女が打ったのはそれを崩《くず》す一手だった。今まで誰《だれ》も見つけられなかった新手。男はボードを睨《にら》み返し手を探すが少女が置いた魔導師の駒が全ての可能性を潰《つぶ》している。

『参った。私の負けだ』

嬉《うれ》しそうにする少女に男は懐から小さな包みを取り出した。

『私に勝った褒美《ほうび》をやろう』

『本当ですか！』

少女が受け取った包みを開けると、中に入っていたのはシンプルな髪留《かみど》めだった。

『それは陛下より下賜《かし》された魔導具だ。使い捨てでは有るが魔力を溜《た》める事が出来るそうだ。お前にやろう』

『ありがとうございます。おとう様』

髪留めを手に礼を言う娘の頭を軽く撫《な》でる。

『強くなったな。エリザベート』

静かに身を起こした私は周囲を見回した。獣王連合国の宿だ。まだ外は暗く、隣のベッドではミレイが静かに寝息《ねいき》を立てている。

「くだらない夢を見たわね」

ベッドサイドの水差しから水を注《つ》ぎ一息で飲み干した。グラスを置くと寝《ね》る前に解いた三つ編みを止めていた髪留めが目に入る。何年も掛《か》けて魔力を溜めた髪留めはいざと言う時の切り札の一つだ。

「こんな物を身に付けてあの男に会ったから不愉快な夢を見たのかしら？」

幼い頃《ころ》の夢。父に頭を撫でられた最初で最後の思い出の夢だ。私は夢を忘れる様に再び横になり目を閉じるのだった。

翌朝、皆で食堂へ下りると、入り口のところに見知った顔が有った。

「よお。先日ぶりだな」

「イーグレット。貴方《あなた》も王都についていたのね」

「ああ、結構遠回りしたから今朝到着《とうちゃく》したばかり……うぐぅ⁉」

私達が軽く挨拶《あいさつ》していると、イーグレットは側にいた少女の裏拳《うらけん》を腹に食《く》らい身を折った。イーグレットと同じく浅黒い肌《はだ》の少女だ。年の頃はミーシャやルノアと変わらないくらいに見えた。

「会頭！　何度も申し上げましたが、人目の有る場所では丁寧な言葉遣《ことばづか》いをして下さい！」

「……お前も雇《やと》い主《ぬし》である俺《おれ》をこんな場所で殴《なぐ》るんじゃねぇよ」

少女は姿勢を正すと私に丁寧に頭を下げた。

「船では当商会の会頭が大変ご迷惑《めいわく》をおかけいたしました。私はバーチ商会でお世話になっております、オウル・アイズと申します」

「エリー・レイスよ。イーグレットには良い情報を貰ったり獣王連合国の商会への紹介《しょうかい》状《じょう》を貰ったりしたので助かったわ」

「そうですか。それなら良かった。会頭は直《す》ぐに一人でフラフラと放浪《ほうろう》して色々と事件を起こすので」

「でもその時に大きな商談を纏《まと》めて来たりするだろう？　今回だって俺が帝国《ていこく》に赴《おもむ》いたおかげでエリーの商会にアクアシルクの商談をいち早く持ちかける事が出来たんだぞ」

「確かにアクアシルクは我《わ》が国《くに》では高い需要《じゅよう》が見込《みこ》める魅力的《みりょくてき》な商材ですし、他の商会に先んじて取引できるのは素晴《すば》らしい成果と言えます」

「ほらな！」

「しかし！　商会には経営計画という物があるのです。あまり勝手な事をされては困るのです！　まぁ今回はそんな手間よりもアクアシルクが齎《もたら》す利益の方が圧倒的《あっとうてき》に大きいので良いですけれど」

「なら殴るなよぉ」

唇《くちびる》を尖らせるイーグレットとオウルは宿泊《しゅくはく》の手続きを済ませて宿へ入って来た。


朝食後、イーグレットと正式に契約書《けいやくしょ》を交わし、昼の間に数軒の商会を周り商談を済ませた私は、夕刻、宿の食堂でイーグレット達と料理を囲んでいた。今日の夕食は獣王連合国の伝統的な料理だ。

「えっと、なんと言うか……豪快《ごうかい》な料理ですね」

「そうですね。豚《ぶた》の焼き物、鳥の焼き物、魚の焼き物」

「美味《おい》しいよ？」

「味は悪くないのよね。香辛料《こうしんりょう》も効いてるし」

「俺は嫌いじゃないぞ」

私達の批評にイーグレットも苦笑《くしょう》を浮かべる。

「基本的にぶつ切りにして丸焼きだからな」

「でも何故《なぜ》かこの国のサラダはカラフルで美味しいんですよね」

騒がしく食事を終えた私達の前に食後のお茶が配られた。帝国で使われているティーカップの三分の一くらいの大きさのカップだ。

「随分《ずいぶん》と小さなカップですね」

「これは獣王連合国特有の茶器です」

ミレイが店員から受け取ったポットからお茶を注いでゆく。

「これはミルクティーですか？」

「チャーイと呼ばれるミルクティーの一種です。この国で一般的《いっぱんてき》に飲まれているお茶です。山羊《やぎ》のミルクに茶葉と砂糖を入れて作るのです。とても甘《あま》いので水分補給というより間食のような感じで楽しむものですね」

いつになく饒舌《じょうぜつ》なミレイの説明を聞き、チャーイが注がれたカップに手を伸ばすのだった。

窓から差す光を瞼《まぶた》に感じて目を覚ました私は、私の服を掴《つか》むアリスの手を起こさない様にそっと外してベッドから抜《ぬ》け出し、髪を梳《と》いて三つ編みにする。ミレイは既に起きているようで部屋にはいない。アリスの小さな寝息と小鳥の囀《さえず》りが聞こえるだけだ。

「うっう～ん」

身嗜《みだしな》みを整え終えた頃、アリスが身を起こした。まだ寝ぼけているのか、視線をフラフラと彷徨《さまよ》わせながらゆらゆらゆらと揺《ゆ》れている。

「ママ～?」

「おはよう、アリス」

「お……ょう～」

半分夢の中にいるアリスを膝《ひざ》の上に乗せて髪にブラシを掛ける。何とか飛びはねる寝癖《ねぐせ》を整えてリボンを結んでやる頃には目を覚ましたアリスと共に部屋を出て食堂に下りると、ミレイ達がオウルと共に朝食の用意をしていた。机の上に並べられたサンドイッチやヨーグルトを見てアリスは嬉しそうに駆《か》け寄った。

「お、美味《うま》そうだな」

「会頭!」

私の後に続く様にイーグレットが姿を見せた。だがその姿を見たオウルが目を吊《つ》り上げてイーグレットに向かって行く。

「何ですかその格好は!　髪くらい整えて下さい!」

「まぁまぁ」

「ほら、部屋に戻《もど》りますよ」

「わ、わかった。わかったよ」

オウルに引きずられて部屋に戻されたイーグレットがオウルの手によって身なりを整えてられて食堂に戻る。私達は改めて卓《たく》を囲み、朝食に手を伸《の》ばしたのだが、鐘《かね》を激しく打ち鳴らす音に私達は顔を見合わせ手を止めた。

「何の音だ」

サンドイッチを口に運ぼうとしていた手を止めたイーグレットが誰へとも無くつぶやき、その疑問にバアルが答えた。

「こりゃあ、冒険者《ぼうけんしゃ》ギルドの緊急《きんきゆう》招集の鐘の音《ね》だな」

「初めて聞いたわね」

「そりゃお嬢《じよう》は都育ちだから当然だな。この鐘は街が壊滅《かいめつ》の危機でもなければ鳴らされる事はないから、大きな街では滅多《めつた》に鳴らされない」

「あの……ここ王都ですよね？」

「そうね。王都に危機が迫《せま》っているって事かしら？　ミレイ、バアル」

「はい」

「あいよ」

ミレイとバアルが音もなく外に飛び出して行く。

「ルノアとミーシャは王都を離《はな》れる用意をしなさい」

「「はい」」

「アリスはこっちにいらっしゃい。私の側を離れたらダメよ」

「う、うん」

荷物を纏めるよう指示を出した後、不安そうなアリスを抱《だ》き上げた。

「オウル。俺達《おれたち》も準備するか」

「そうですね。私が荷物をまとめるので会頭はここで情報を待ってください」

オウルが部屋に向かってしばらくすると、ミレイとバアルが戻って来た。

「お嬢、ヤバいぜ。スタンピードだ！」

◇◆☆◆◇

その街にやって来たのはとある商人の護衛の為だった。個人的にも親交のある商人からの依頼《いらい》で、Ａランク冒険者であるルイーシャは故郷であるハルドリア公国の友好国である獣王連合国の王都へと初めて足を踏《ふ》み入れた。

「じゃあ、ルイーシャちゃん。帰りもお願いするわねん」

「ええ。五日後ですよね。クラウドさん」

「そうよん。あと、あたしの事はクラリスちゃんって呼んでって言ってるでしょん」

身長二メートルの筋骨隆々《りゅうりゅう》の大男が眼光鋭く《がんこうするど》ルイーシャに顔を近づける。

「す、すみません。クラリスちゃん」

「んふふ、この街には獣人《じゅうじん》族用のお洋服とか化粧品とか沢山《たくさん》あるからルイーシャちゃんもショッピングを楽しむと良いわ。偶《たま》にはお洒落《しゃれ》しないとダメよん」

バチリとウインクをしてフリフリのドレスを翻《ひるがえ》してクラリスはスキップで商談のある老舗《しにせ》のスルスラ商会へと向かっていった。

「ふう。良い人なんだけど圧が強いんだよね」

猫耳《ねこみみ》をピクピクと動かして周囲の気配を探《さぐ》りながら人の多い方へと足を向ける。おそらく人が多い方には市場や屋台があるだろうからだ。確かにこの国なら獣人用の服や化粧品の品揃えは良いだろうが、ルイーシャとしては美味しい物を食べる方が優先なのだ。


Aランク冒険者ルイーシャ・テイルの旅路より

# 四章 《父との決別》

　戻って来たミレイとバアルは冒険者ギルドで聞いて来た情報を話す。

「王都に近いダンジョンのコアが崩壊《ほうかい》したそうです。遅《おそ》くとも数日以内に魔物《まもの》があふれだします」

「マジかよ。最近多いな」

　その情報にイーグレットが渋《しぶ》い顔をする。

「帝国ではあまり聞かないけれど、確か王国側ではここ数年、ダンジョンの崩壊や魔物の異常発生の数が増えていると聞くわね」

「ああ。ハルドリアのブラート王が中心となって国家間で調査や対策をしているらしいが何かが解《わか》ったって話は聞かないな」

「どうするお嬢。獣王レオンは冒険者や義勇兵を集めて魔物に対抗《たいこう》するつもりらしいぜ」

「退避《たいひ》致《いた》しますか？　我々の拠点《きょてん》がある帝国ならまだしも他国防衛の為に危険は冒《おか》せません」

「確かにその通りねでも……」

ミレイに私は口を寄せ囁《ささや》く。

「今のこの状況なら客将《かくしょう》としてジーク・レイストンが前線指揮を執《と》る可能性が高いわ」

「っ⁉」

従来よりも警備が厳しかった為、今回は王国と獣王連合国の関係性を見極《みきわ》める事に留《とど》めるつもりだったが戦場に出て来るなら話は別だ。いくら周りを固めようと隙《すき》は生まれるし、無いなら作り出せる。

「どうした？」

イーグレットが不思議そうに私達の顔を覗《のぞ》き込《こ》んだ。私は彼《かれ》の赤い瞳《ひとみ》を覗き返す。まだ出会って数日程《ほど》の関係だが、イーグレットは気の良い人間だ。しかし、信用できるとまでは言い切れない。

「イーグレット。申し訳ないけれど少し外して貰えるかしら」

故に私の事情を話す事はない。彼は商人であり、ハルドリア王国の属国に籍《せき》を置く者だ。場合によっては利の為に私を売る可能性も否定は出来ない。

「……わかった。俺は馬の様子でも見てくるとしよう」

厩舎《きゅうしゃ》の方へ向かうイーグレットの姿が見えなくなったところでアリスをルノア達のとこ

ろに行かせ、魔法で周囲へ会話が漏《も》れる事を防ぐと私はバアルとミレイに意見を求めた。

「どう思う?」

「チャンスだな。あの野郎《やろう》は腐《くさ》っても大国の宰相《さいしょう》だ。大戦中でもない現在、こんな状況でもなければ自らが戦場になんて出て来る様な立場じゃねぇだろ」

「ですがこのまま王都に留まるのも危険です。私やバアルなら何とかなりますがアリスやルノア達がスタンピードに巻き込まれれば命は有りません」

「だが此処《ここ》で仕留めておけば確実にお嬢に有利に働くぞ。野郎は政治家としては冷徹過ぎて粗《あら》が目立つが軍師としては間違《まちが》いなく天才の類《たぐ》いだ。ブラートが率いる軍に奴《やつ》の指揮が合わされば手が付けられなくなるぜ」

バアルの意見は的を射ている。ジークは殺せる時に殺しておくべきだ。

「………………ミレイ。アリス達を連れて港町へ向かいなさい。私とバアルは義勇兵として街の防衛に加わるわ」

「エリー様……」

「良いわね。ミレイ、バアル」

「かしこまりました」

「おう」

話を終えて魔法を解除した私は、アリス達をミレイに任せてバアルと共に義勇兵の登録を行っている広場へと向かおうと宿を出ると、入り口の側の壁《かべ》に背を預ける様にイーグレットが立っていた。

「何処《どこ》に行くんだい？」

「私とバアルは義勇兵として王都の防衛に参加する事にしたわ」

「子供達はどうする？」

「ミレイと共に逃《のが》すつもりよ」

私の答えを聞いてイーグレットが腕《うで》を組み問いかける。

「何でまた無関係な国の為《ため》にそこまでするんだ？」

イーグレットの目は真剣《しんけん》だ。いつものナンパな眼差《まなざ》しではなく、私の真意を探る様な視線だ。しかし、真実を語る訳にはいかない。

「この国での商売にもそれなりに手間とお金を掛けているわ」

私の適当な言い訳など通じないだろう。これで切られるならそこまでの縁《えん》だったと言うだけの事だ。

「そうか。なら俺も参戦しよう」

「は？」

突然《とつぜん》自身も参戦すると言い出したイーグレットに驚き目を丸くする。私の理由を信じた訳ではないだろう。私が参加しなくても、この国の戦力だけでも防衛は可能なのだから。

「何を言っているの？」

「俺も義勇兵として参戦すると言ったんだ」

「馬鹿なの？」

「男は多少馬鹿な方がモテるって言うだろ」

「聞いた事がないわね。誰がそんな馬鹿な事を言ったの？」

「俺さ」

そう言ってイーグレットは口《くち》の端《はし》を持ち上げてニヤリと笑った。

「悪いがオウルは子供達と一緒《いっしょ》に逃して欲《ほ》しい」

「それは良いけど……危なくなっても助けないわよ」

「わかってるよ。まぁ、俺はエリーが危なかったら助けてやるけどな」

イーグレットは何が面白いのか笑《え》みを浮かべて私達の前を歩き始めた。

◆

「獣王陛下！　第一戦士団、第二戦士団。配置完了《かんりょう》しました！」

「騎獣兵団、出撃《しゅつげき》可能です」

「うむ。各団長を招集せよ」

「はっ！」

慌《あわ》ただしく動き回る人々で王宮は喧騒《けんそう》に包まれていた。獣人の気質か緊急事態だからなのか王宮内でもマナーのカケラもなく大声を上げて走る。何よりもこの王宮の主人である獣王レオンが一番騒がしく動き回っている。

「レオン陛下」

部下に任せれば良いのだが、その性格から自ら武器庫へと足を運んでいたレオンを呼び止めたジークが略式の礼をとる。

「私の連れてきた者達《たち》も用意が出来ました。これより現地へと向かいます」

「うむ。すまぬな、ジーク」

「レオン陛下はブラート陛下の盟友。国家の危機に手を貸すのは当然です」

レオンとの簡単なやりとりを終えたジークは王国から帯同して来た護衛兵を中心に獣王連合国の予備役《よびえき》兵などを編制した軍を率いて王都とダンジョンの中間にある森へと出発した。

軍と呼ぶには少々規模が小さいが、あくまでも前線指揮を執るジークを護衛する為の兵なので問題は無かった。ジークの的確な指揮により一日を掛けて移動、偵察《ていさつ》、陣地《じんち》形成を終わらせ兵力の展開を行っていた。

「レイストン公爵閣下！　獣王連合国戦士団、冒険者、義勇兵の展開が完了致《かんりょういた》しました」

「それぞれの指揮官との連絡網《れんらくもう》を確認せよ。相互《そうご》の連絡は密とする」

「はっ！」

伝令の兵を走らせたジークは獣王連合国から提供された周辺の詳細《しょうさい》な地図を机に広げ、報告書を片手に自軍の駒を配置してゆく。

「義勇兵の集結状況は？」

「はい。現在冒険者ギルドを中心に募集《ぼしゅう》を行っており、編制が出来た者から移動を開始しております。あと二日程で予定の数に達すると思われます」

「そうか。なんとか間に合いそうだな。至急、周囲の地形に詳《くわ》しい冒険者か狩人《かりゅうど》を呼べ。ダンジョンに出現する魔物の情報はまだか？」

「はい！　冒険者ギルドより先程《さきほど》届きました。ただいまお持ちいたします」

部下が持ってきた資料の束に早速《さっそく》目を通し始めたジークは手元の紙に次々と書き込みを

してゆく。

「出現する魔物に特定の種類などはないな」

「そうですね。敢《あ》えて言うなら獣系や爬虫類《はちゅうるい》系が多いくらいでしょうか？」

「アンデッドの目撃《もくげき》報告がないのはありがたいな」

そこに兵に連れられた周囲の地形に詳しいと言う数人の冒険者や狩人がやって来た。ジークはその者達に質問をしながら情報を整理して行く。ダンジョンがある場所は小高い丘《おか》の様に盛り上がった地形で、周囲は森に囲まれている、幸いな事に丘のお陰《かげ》で半月形に布《ふ》陣《じん》する事で溢《あふ》れ出す魔物を完全に包囲する事ができる地形になっていた。

「ではこのダンジョンは下層に下りる階段の間にはある程度の距離《きょり》が有るのだな？」

「ああ。魔物の襲撃《しゅうげき》が有ったり、探索《たんさく》したりしていたから正確には言えないが、一つの階層を下りるのに掛かる時間は大体六時間くらいだと思う」

「そうか。過去の記録を確認《かくにん》しろ。スタンピードの『波』の間隔《かんかく》を予測できる」

「はい」

冒険者と狩人を帰した後、ジークの前にはそれぞれ布陣した戦士団の指揮官や冒険者達の代表が集まっていた。

「第一包囲は強力な魔物を叩《たた》く。低ランクの魔物は後ろに流して義勇兵を中心とした第二包囲で対処する」

「飛行系の魔物が出た場合は？」

「現在、飛行力の高い魔物は確認されていないが、ダンジョンが有る丘の上に弓兵隊と魔《ま》道士《どうし》隊を配置してある」

戦士団や冒険者達と作戦を詰《つ》めているジークの許《もと》に新たなる訪問者の知らせが届いた。

「閣下！　レオン獣王陛下がお越《こ》しです」

「通せ」

ジークが告げるとすぐに近衛《このえ》兵《へい》を引き連れてレオンが姿を現した。レオンは魔物の革鎧《かわよろい》を身に着けており、腰《こし》の剣《けん》もレオン自らが手入れしている豪華《ごうか》な装飾《そうしょく》などないアダマンタイト製の実用性に特化した武具だ。その装備から前線に出る気なのが見てとれた。軽く頷《うなず》き、略式の礼を取る戦士団に楽にする様に告げる。

「皆《みな》、楽にせよ。それでジーク、一番魔物が多い場所は何処だ？」

「陛下。危険ですからこの指揮所から……」

「何を言う！　我はこの国の王！　この国第一の戦士である。我が率いずとして誰が率いると言うのか」

大きな口を開けて呵《か》呵大笑《かたいしょう》するレオンは王と言うより、まるで冒険者や傭兵《ようへい》の様だった。

◇

冒険者ギルド前の広場には多くの人が集まっていた。獣王連合国の国民には戦闘《せんとう》の心得が有る者も多い。自らの住む街の防衛の為に武器を手にする者も多いのだろう。

「義勇兵として登録される方は此方《こちら》に！」

「登録済みの方は私について来て下さい！」

「治癒魔法《ちゆまほう》が使える方は申し出て下さい！」

冒険者ギルドの制服を着た職員と国の役人らしき者達が忙しそうに声を上げている。私達は冒険者ギルドの酒場から持ち出した机が並べられた簡易カウンターの列に並んだ。列は直ぐに進み私はギルド職員の犬人族の青年の前に立つ。

「義勇兵の登録は此方でよろしいかしら？」

「はい。冒険者の方ですか？」

「いいえ。旅の商人よ。魔物に対する心得は有るわ」

「商人の方でしたか」

犬人族の青年は手元の紙にサラサラと情報を書き付ける。街から街へと旅をする行商人ならば戦える事は珍しくない。この様な事態に、街に恩を売ろうと商人が参戦するのもあり得るので、彼は特に疑問に思う事なく手続きをこなしてくれる。

「みなさんは同じ商会の方でよろしいですか」

「いや、俺は別の商会の者だ」

イーグレットも会話に加わり、いくつかの確認をへて手続きを終えた。

臨時の説明会場となっている近くの酒場に集められた私達は役人から現状と義勇兵の役割の説明を受ける。

「みなさんにはダンジョンの包囲の一翼《いちよく》となっていただきます」

木箱に乗り大きく声を張り上げた役人が壁に貼《は》られた手書きの大雑把《おおざっぱ》な地図を棒で指し示す。

「第五義勇兵団となるみなさんの配置は此処です。最前線は戦士団と上級冒険者が固めますので、義勇兵団はその討《う》ち漏らしが王都に向かわない様に討伐《とうばつ》をお願い致《いた》します」

役人の説明によると私達の配置はダンジョンの入り口を扇状《おうぎじょう》に包囲する獣王連合国の正規兵や冒険者の後方、仮設戦線基地の右《う》翼側《よくがわ》となっている。ジークが指揮を執るならばこの仮設前線基地だろう。一通りの説明を終えた役人が一人の男を呼ぶ。背中に二本の槍《やり》を負った狼《おおかみ》人族の冒険者だ。

「この第五義勇兵団の指揮を任せるオルト・ツバイスだ。Bランク冒険者だが、実力はAランク冒険者と遜色《そんしょく》はない。現場では彼に従ってください」

冒険者オルトに率いられた私達は事前の説明通り、仮設前線基地の右翼側へと布陣した。まだスタンピードは始まっていないようだ。斥候《せっこう》を出した後、交代で周囲の警戒《けいかい》をし、残りは待機を命じられた。

焚《た》き火《び》を起こし、バアルとイーグレットと共に囲んだ私は、支給された乾《かん》パンや干し肉を齧《かじ》る。ダンジョンに潜《もぐ》った斥候の情報によると魔物が溢れ出すのは明日の早朝になるだろうとの事だ。

「明日は早い。休める時に休んでおけよ」

「そうね。見張りは居るけど念《ねん》の為に私達も交代で休みましょう。先《ま》ずはイーグレットが休むと良いわ」

「そうか？　なら先に休ませて貰《もら》おう」

イーグレットはシャムシールを抱《かか》き抱える様に座《すわ》り直すと眠《ねむ》り始めた。不意に襲《おそ》われた時にも即座《そくざ》に対応出来る旅人の休み方だ。バアルの方を見ると剣を手に刃《やいば》を磨《みが》いていた。

鞘《さや》や柄《つか》は全く手入れしておらずボロボロだが、刃には一切《いっさい》の曇《くも》りも無い。もっとも私はバアルが剣を使って戦っている姿を見た事がない。

「この後はどう動くんだ？」

「しばらくは義勇兵として魔物を排除《はいじょ》するわ。スタンピードは数日続く。その間に手柄《てがら》を上げて中枢《ちゅうすう》のジークに近づくのよ」

「なるほど。つまり暴れれば良いって事か」

「そうよ。遠慮《えんりょ》は要《い》らないわ」

私の答えを聞き、バアルは凶暴《きょうぼう》な笑みを浮《う》かべるのだった。

◆

アリスがルノアとミーシャと共に宿の部屋で荷物を片付け終えた頃、エリーとミレイが部屋に戻って来た。

「私とバアルはスタンピードで溢れた魔物を討伐する為にこの街に残る事になったわ。三人はミレイと共に港町まで避難《ひなん》して欲しいの」

エリーがそう言った時、アリスは一瞬《いっしゅん》だけ不安そうな顔を見せたが、エリーの表情から何かを察したのか直ぐに笑《え》みを浮かべる。

「わかった。ママ。がんばってね」

「ええ。大丈夫《だいじょうぶ》よ。直ぐに終わるから」

エリーはアリスの頭を撫でながらルノアとミーシャに視線を移す。

「大丈夫だとは思うけれど、多少の混乱が起こる可能性もあるから二人共、アリスを頼《たの》んだわよ」

「はい！」

「お任せください」

アリス達は直ぐにでも王都を出る事になった。荷物を手にしたミレイに率いられて宿の出口に向かいながらミーシャが問う。

「馬車の手配は如何《いかが》いたしましょう？」

「不要です。バーチ商会のオウルさんも共に避難致《ひなんいた》しますので、今回はバーチ商会の馬車に同乗させていただきます」

宿の外に出るとミレイの説明通りイーグレットとオウルがバーチ商会の名前が入った馬車の前で待っていた。

「悪いわねイーグレット。馬車を貸して貰って」

「なに、うちのオウルも一緒に連れて行って貰うんだからこれぐらい当然さ」

エリーは少し声を落として荷物を積《つ》み込むミレイ達を手伝うオウルを見る。

「正直少し意外だったわ。彼女《かのじょ》なら防衛戦に参加する貴方を力尽《ちからず》くでも止めるのではないかと思ったから」

「はっはっは。オウルは俺が真に望んでいる事を止めたりはしないさ。ほら俺って部下に信頼《しんらい》されるタイプの商人だから」

「信頼なんてしていませんよ」

いつの間にか近くに来ていたオウルが半眼でイーグレットを睨んでいた。

「単に諦《あきら》めているだけです。会頭は言い出したら聞きませんから」

大きくため息をついたオウルは『それに』と続ける。

「今回のスタンピードはそこまで大きなダンジョンとは聞いていません。私達が避難するのも万が一の為です。せいぜい数日、長くて十日程で収まるでしょうし、義勇兵に重要な場所が任されるとは思えません。それなら防衛戦に参加して商会の名を売り、報酬《ほうしゅう》を貰うのも良い手だと思います。エリー殿《どの》もそう考えられたのでは？」

「まぁ、そんなところよ」

肩《かた》を竦《すく》めたエリーは自身に近づく軽い足音に振《ふ》り向き身を屈《かが》め、駆け寄ってきたアリスを抱き上げた。

「あらアリス。さっきは頑張《がんば》ってって言ってくれたじゃない」

「うん。でも少しだけ」

「ふふ」

エリーはしばらくアリスを抱いていたが、宿の裏庭で作業を終えたバアルが姿を見せた事で、後の事をミレイに任せ、バアルとイーグレットと共に義勇軍の集合場所へと向かっていった。


残されたミレイはアリスとルノアを馬車に乗せる。

「ミーシャ」

「はい」

「貴女《あなた》は警戒をお願いします。スタンピードの時は少し早く溢れ出した魔物やその魔物に棲み家を追い出された魔物が街道《かいどう》に現れるかもしれません」

「畏《かしこ》まりました」

ミーシャは真剣な顔で頷くと御者台《ぎょしゃだい》で手《た》綱《づな》を握《にぎ》るオウルの隣《となり》に、直ぐに動ける姿勢で乗り込み、馬車はゆっくりと王都の外に向かって走り出した。王都の門を出て真《ま》っ直ぐに港町へと向かう。行動が早かった為か、周囲には他の馬車の影《かげ》はない。道程が半分を過ぎた頃《ころ》、ミーシャの耳がピクリと動いた。

「敵襲《てきしゅう》です！」

素早《すばや》く立ち上がり短剣《たんけん》を抜く。オウルは馬車を停めて馬を守るべく御者台から飛び降りながら腰の後ろに下げていたククリ刀を抜き放った。

「アリスはこの中に」

ミレイはアリスを木箱の中に隠《かく》し、愛用の長杖《づえ》を手にしたルノアと共に馬車から飛び出した。

「ミーシャ、どちらですか」

「向こうです。おそらくゴブリンの群れです。数は三十以上」

ミーシャが指し示したのは王都の方角だ。

「まさかスタンピードの魔物が此処まで……」

「いえ、時間的に考えてまだ本格的なスタンピードは始まっていません。おそらくダンジョンの異変を感じたゴブリンの群れが逃《に》げて来たのでしょう」

そう言っている内にゴブリンが姿を見せた。

「ミーシャは前に！　ルノアは援護《えんご》と後衛を！」

「はい！」

「私も前に出ます」

ミレイの指示で飛び出すミーシャに続きオウルも走る。

「疾風《しっぷう》よ　我が友に駆け抜ける力を【風の祝福《ギフト・ウインド》】」

ルノアの補助魔法《まほう》を受けてミーシャとオウルの速度が更《さら》に上がる。先頭に居たゴブリンはその急加速に対応出来ずにミーシャの短剣で心臓を貫《つらぬ》かれ、オウルのククリ刀で首を落とされた。

「ルノア、ホブゴブリンの足止めを」

「はい。旋風《せんぷう》よ　我が敵を縛《しば》れ【風枷《エア・バインド》】」

群れの統率者《とうそつしゃ》であると思われる一際《ひときわ》大きなゴブリンの上位種がルノアの拘束《こうそく》魔法に足を止める。その隙にミレイは厄介《やっかい》な魔法を使えるゴブリンシャーマンと弓持ちをナイフの投《とう》擲《てき》で仕留めた。

「【空牙《くうが》】」

ミーシャが短剣を突《つ》き出すと少し先に居たゴブリン二体が纏めて貫かれる。魔力《まりょく》の刃を飛ばして突き貫くスキルである。オウルも負けじと粗末《そまつ》な盾持《たても》ちのゴブリンの前へと躍《おど》り出た。

「【追刃《ついじん》】」

オウルのククリ刀がゴブリンの粗末な盾を切り裂《さ》き、更に魔力の刃が同じ軌道《きどう》で盾を失ったゴブリンを再び斬《き》る。危なげなくゴブリンを討伐し、最後に残ったホブゴブリンもミーシャとオウルの斬撃とルノアの魔法を受けて倒《たお》れた。

「終わりましたね。後始末をして道を急ぎましょう」


ゴブリンの群れとの遭遇《そうぐう》戦などのトラブルは有ったが、ミレイ達は陽が落ちる前には無事港町に到着《とうちゃく》することができた。

「ミレイさん。何とか一部屋確保する事ができました」

「ありがとうございます。オウルさん。王都から避難してきた方が多く居ますから部屋が取れただけで有《あ》り難《がた》いです」

港町には王都近郊《きんこう》の街や村からも避難して来た者達が居たが何とか宿の部屋を確保する事ができた。二人部屋だが、幸いミレイ達は皆女性。そこまで窮屈《きゅうくつ》には感じなかった。荷物を下ろし落ち着いた頃、アリスが背をのばして窓から外を見る。

「ママ。大丈夫かな?」

窓の外に見えるのは海で王都は反対側だが、それを指摘《してき》するのは野暮《やぼ》と言う物だろう。

「大丈夫ですよ。エリー会長はとてもお強いですから」

不安げなアリスを後ろから抱き抱えベッドに座り直したルノアが励《はげ》まし、ミーシャが食堂で買って来た甘《あま》い果実水を木製のカップに注いで手渡《てわた》した。

「スタンピードと言うのは直《す》ぐに収まるものなのでしょうか？」

オウルが荷物から焼き菓子《がし》を取り出してアリスに差し出しながらミレイに問いかけた。

「スタンピードの規模はダンジョンの大きさに比例します。小さなダンジョンならば一日で魔物が出尽《つ》くす事もありますが、今回のダンジョンは三十階層の中規模ダンジョンですから数日から数週間ほど、断続的に魔物が溢れ出して来ると思われます」

「そもそも今回のスタンピードは何故《なぜ》発生したのでしょうか？　確か街に近いダンジョンでは核《かく》の破壊《はかい》を禁じられているはずです」

「冒険者のミスでしょうか」

「わかりません。ですが国軍が動いているのですから問題なく終結させられるでしょう」

◇

「一体抜けたぞ！」

前方から誰《だれ》かの大声が聞こえるのと同時に巨大《きょだい》な虎《とら》の様な魔物が飛び出してきた。見た事のない魔物だ。だが私はその魔物を無視して目の前のアーマークラブにフリューゲルを振り下ろす。非常に堅固《けんご》な甲殻《こうかく》を持つ蟹《かに》の魔物だが、フリューゲルの極薄《ごくうす》の刃は抵抗《ていこう》なく斬り裂き巨大な鋏《はさみ》ごと胴体《どうたい》を両断する。その私の喉元目《のどもと》がけて虎の様な魔物が大きな牙を向けるが、横合いから飛び出したバアルの膝蹴《ひざげ》りをくらいその牙の半数が砕《くだ》ける。

「ふん！」

空中で体を半回転させたバアルは、顎《あご》を砕いた魔物の脳天に踵《かかと》を落としトドメを刺《さ》すと直ぐに次の敵を見つけて飛び出していった。周囲の気配を探ると、草むらを隔《へだ》てて魔物と戦う者がいる。しかし加勢の必要はなさそうだ。戦闘の気配が消えたので草むらを掻《か》き分けて見ると、胴回《どうまわ》りが一メートルは有る大蛇《だいじゃ》の首を切り落としたシャムシールの刃を拭《ぬぐ》っているイーグレットが居た。

「順調そうね」

「そっちもな」

私はフリューゲルを鞘に収め【強欲の魔導書《グリモア・マモン》】に収納している水袋《みずぶくろ》を二つ取り出して片方をイーグレットに放ってやった。軽く礼の言葉を発しながら受け取ったイーグレットは大蛇の死体に背を預けながら喉《のど》を潤《うるお》す。

「正規兵や上級冒険者《ぼうけんしゃ》が包囲している割には結構抜《ぬ》けてくる魔物は多いんだな」

「ある程度はわざと後方に流しているのよ。完全に包囲してしまったら手が追いつかなくなるでしょ。それを防ぐために一定以下のランクの魔物は私達後方に陣取《じんど》った者に任せているのよ」

「なるほど」

　私達が小休止していると少し離れた場所から笛の音が聞こえた。短く一回、長く一回、短く二回。事前に決めた救援《きゅうえん》を求める合図だ。水袋を捨てて走り出した私とイーグレットにいつの間にかバアルも並ぶ。

　笛の音が聞こえた方に進むと木々の隙間《すきま》に少し開けた場所があった。そこには両手に槍を手にしたオルトが三体の魔物と対峙《たいじ》していた。双頭《そうとう》の蛇《へび》の魔物ダブルヘッドスネーク、燃える体毛を持った大熊ボルケーノベア、岩の様な鱗《うろこ》に包まれた大蜥蜴《おおとかげ》ロックリザード。オルトは片手の槍でボルケーノベアとロックリザードを牽制《けんせい》しながらダブルヘッドスネークと戦っていた。

「私がボルケーノベアを殺《や》るわ。バアルはロックリザード、イーグレットは遊撃《ゆうげき》と周囲の警戒を」

　二人の返事を聞く前に私は足下《あしもと》に魔力を集め、【縮　地《クイック・ムーブ》】のスキルで間合いを詰めた。

フリューゲルを【強欲の魔導書】に収納して通常の細剣に持ち替《か》えた私は、刃に水の魔力を纏《まと》わせて、オルトの胴《どう》を薙《な》ぐべく振り上げられた腕を斬り飛ばした。

「そっちは任せた」

オルトは私とバアルがそれぞれ魔物と戦闘を始めたのを確認すると、両手の槍で巧《たく》みな連撃を繰《く》り出してダブルヘッドスネークを攻撃《こうげき》し始めた。

「向こうは大丈夫そうね。私は任された方を始末しましょうか」

「グルァァア！」

両足で立ち上がったボルケーノベアが喉を鳴らす。その身体から放たれる熱気が更に増し、斬り落とした腕から流れ出る血液がブクブクと沸騰《ふっとう》する。現在のボルケーノベアの身体は低品質な駄剣では溶解《ようかい》してしまいそうな高温だ。私は全身に薄《うす》い水の膜《まく》を張り、剣に纏わせた水の量を増やす。

「長期戦は面倒《めんどう》ね」

燃《も》え盛《さか》る体毛を逆立てたボルケーノベアが身体を丸めて体当たりを仕掛《しか》けて来た。炎《ほのお》を纏った強靭《きょうじん》な毛皮で急所を隠した攻防《こうぼう》一体の攻撃だ。

「【氷棘《アイス・ニードル》】」

体当たりの軌道上から飛び退《の》くと同時に氷の棘《とげ》を置いてみたが、ボルケーノベアの高温の毛皮を貫く事は出来なかった。だが、一瞬で溶《と》かされた氷から立ち上る水蒸気を操作してボルケーノベアの視界を塞《ふさ》ぐ事には成功した。腕を振るい顔に纏わりつく水蒸気を振り払《はら》おうとするボルケーノベアの死角に回った私は、手にしていた【強欲の魔導書】を一度魔力へと戻《もど》した。

「神器【暴食の魔導書《グリモア・ベルゼブブ》】」

即座に別の魔導書へと持ち替えると、ボルケーノベアは業《ごう》を煮《に》やしたようで、自身の顔の周りの炎を噴《ふ》き上げて水蒸気の目《め》隠《かく》しを吹《ふ》き飛ばしたところだった。

「【岩枷《ロック・バインド》】」

【暴食の魔導書】に魔力を込めて発動したのは土属性の拘束魔法だ。ボルケーノベアの脚《あし》に絡《から》み付くと、直ぐに溶岩《ようがん》の様にドロドロに溶けてしまうが、数秒程度なら動きを止められる。

「【雷槍《サンダー・ランス》】」

閃光《せんこう》が走り抜けるとボルケーノベアは数度身を震《ふる》わせて倒れた。念の為に首を刎《は》ねる。

バアルとオルトも戦闘を終えており、イーグレットも乱入しようとしていた魔物を数体討伐していた。

「悪いな。助かった」

「間に合って良かったわ」

「確かエリーとバアル、それとイーグレットだったな。今回の高ランクの魔物の討伐は功績として上に報告しておく。おそらく報酬にも上乗せされるだろうから期待してくれ」

「期待しているわ」

携帯食《けいたいしょく》を水で流し込み、小休止を終えた私達はオルトと別れて次の魔物を探しに向かった。オルトは高ランクの魔物が出現したと言う事で一度、報告に戻るそうだ。

◆

ダンジョンスタンピードが始まって一日、ジークはダンジョンの側に設営された仮設前線基地に居た。大きなテーブルには一枚の地図が拡《ひろ》げられている。この地図こそがジークの神器【白地戦略図《ブランク・ビブリア》】である。その能力はリアルタイムの広域探知。目に見えない程の細かい霧《きり》によって周辺の地形や兵の状況《じょうきょう》を随時《ずいじ》地図上に再現する事ができる。

「第二戦士団が押《お》されている。控《ひか》えている戦士団から増援《ぞうえん》を五十！　B地点に推定Aランクの魔物が出現、冒険者パーティを回しなさい。第一戦士団は後退、第五戦士団を前線に出せ」

ジークは【白地戦略図】で再現された戦場を俯瞰《ふかん》しながら矢継《やつ》ぎ早《ばや》に指示を出していた。

「レイストン宰相閣下！　第七戦士団、軽傷者の治療《ちりょう》と再編制を完了致しました」

「ご苦労。重傷者を後方に移送せよ」

「はっ！」

【白地戦略図】から目を離《はな》す事なく冷静に指揮を行うジークの隣には大剣《たいけん》を手にした獣王レオンが獰猛《どうもう》な笑みを浮かべて立っている。

「ジークよ！　俺《おれ》は何処に行けば良いのだ？」

「いえ、レオン陛下はこの場で待機をお願い致します」

待ち切れないとでも言う様に問うレオンにジークは冷たく返した。不満そうにするレオンだが、そう簡単に国王を前線に出す訳にはいかない。レオンの護衛を務める近衛兵や副官はジークの言葉に安堵《あんど》しているようだ。ジークが仕えるハルドリア王国国王ブラート・ハルドリアも若い頃は直ぐに戦場に飛び出そうとしていたが、レオンも又《また》同じ気質だった。故にジークはその扱《あつか》いも心得ている。

「今は表層に近い魔物《まもの》が中心ですが、数日後には深部の強力な魔物も現れます。陛下はその時までお待ち下さい」

「ほう。強力な魔物か。それは腕が鳴るな」

レオンがジークの言葉に満足して別の天幕に移動した時、【白地戦略図】の上で異変が起こった。ダンジョンから飛び出した魔物が数体、包囲を無理やり突破《とっぱ》したのだ。魔力の大きさから推定してAランク相当の魔物だ。それが五体。内二体は最前線の上級冒険者が追い引き止めているが、三体は後方に配置していた第五義勇兵団に向かっていた。直ぐに援軍《えんぐん》を送る指示を出そうとしたジークだが、言葉にする直前で止《や》める。第五義勇兵団の一人が三体の魔物を足止めしており、その場に三人の義勇兵が向かっている。誰もがAランク冒険者並みの魔力量だ。

「援軍の必要はなさそうだな。包囲を抜かれた場所に増援を！」

ジークが控えの兵を送り出す頃には三体の魔物は討伐されていた。

陽が完全に落ちる前には波が引く様に魔物は数を減らして散発的になっていた。

「波はおよそ十五時間程《ほど》か。前線を退げて休息を取らせろ。温存していた戦士団で包囲、監視《かんし》。警戒を怠《おこた》るな」

「ダンジョン内に斥候を出しますか？」

「いや、外からの監視に留《とど》める」

ダンジョンは階層構造の為、溢れ出す魔物の量には波がある。およそ十五時間続いた今回の波は、一旦《いったん》の落ち着きを見せた。多少の魔物は出現するが、数時間は大きな変化はないだろう。ジークは周囲の者達にも休息を命じ、自身も神器を消して南大陸産のコーヒーを口にし、軽食を用意させる。

「レイストン宰相《さいしょう》閣下。第五義勇兵団団長のオルトから報告が入っております」

「聞こう」

オルトから高い戦闘力《せんとうりょく》を持つ義勇兵の報告を聞いたジークは戦力配置を考え直す事にするのだった。

◇

スタンピード二日目、オルトの報告により、戦力の再配置が行われた。イーグレットは変わらず仮設前線基地の右翼《うよく》後方、私とバアルは仮設前線基地の正面の最前線へと移動していた。周囲は上級冒険者達がそれぞれのパーティで固まっており、更に後方の基地の正面にはジークが引き連れていたハルドリア王国の精鋭《せいえい》が守備についていた。

「悪くねぇ位置どりだな」

「そうね」

この位置ならば仮設前線基地に詰めているジークの首を狙《ねら》うのにも動きやすいだろう。

「仕掛けるか？」

「まだよ。今はジークの側に獣王レオンがいる。あの二人を同時に相手するのは流石《さすが》に分が悪いわ。このダンジョンの規模なら、あと数日で深部の高ランクの魔物が出前する。そうなれは獣王レオンの性格から考えて前線に出てくるはずよ」

「つまりその時が一番手薄《てうす》になるって事か」

「ええ。それまでは大人しく魔物を狩《か》りましょう」


ダンジョン前で魔物を討伐する事三日、現れる魔物は次第《しだい》に強くなり、今日は平均してBランク前後の魔物が多かったように思た。波が引き、控えの兵士と交代に休息となった私とバアルは焚き火を挟《はさ》んでスープを飲んでいた。

「そろそろね。今晩、ダンジョンに進入して魔物を足止めするわ」

「足止め？」

「一時的に魔物を留めておく事で明日、一気に魔物を出現させる。その混乱に乗じて仮設前線基地を襲撃するわ。貴方《あなた》はハルドリア兵を始末して頂戴《ちょうだい》」

簡単な打ち合わせを終えた後、【氷人形《アイス・ドール》】で私とバアルが眠っている様に偽装《ぎそう》してダンジョンへと向かった。遠目に監視されてはいるが、【暴食の魔導書】に記録されていたミレイの光属性魔法で姿を消した私達は難なく進入に成功した。

「だがお嬢《じょう》、大丈夫か？　宰相の神器は確か……」

「【白地戦略図】ね。確かにあの神器が発動していた場合、私達の動きもバレてしまう。でもあの神器には発動時間に制限があるのよ。効果範囲《はんい》によって変わるけれど、今回の戦域規模だとおよそ十八時間くらいね。だから波が引いてる時には神器は解除しているはずよ」

「なるほど」

不意に飛び掛《か》かってきた魔物を拳《こぶし》で打ち砕きバアルは納得《なっとく》する。私も細剣を振るい魔物を斬り裂き走る。このダンジョンの浅い層はマップが公開されているので、第二階層へ続く階段まで一気に駆《か》け抜けた。

「此処《ここ》ね。【氷結《フリージング》】」

少し広い部屋に見つけた下に続く階段を塞ぐ様に氷を作る。完全に塞ぐのではなく多少の障害程度に止《とど》める事で、此処で魔物を詰まらせるのだ。

「完了よ」

「んじゃ戻るか」

これで明日、魔物の出現は遅《おく》れ、その後一気に飛び出してくるはずだ。私とバアルは来た道を引き返してダンジョンを後にした。

翌朝、朝食と武器の点検を済ませた私達《たち》は配置についていた。しばらく警戒しながら待機していると、周囲の冒険者達の話し声が耳に入ってくる。

「なぁ、今日は魔物の襲撃が遅《おそ》くないか？」

「そうだな。もうスタンピードは終わったのか？」

「おい、油断するなよ」

そんな会話がそこかしこから聞こえて来る頃、ダンジョンから大きな爆音《ばくおん》が轟《とどろ》いた。

「誰かが上級魔法を使ったな」

「来るわね」

私が身構えると同時に地響《じひび》きを轟かせて大量の魔物の群れが現れた。この場の戦力を考えれば討伐可能な数だが、押し留める事は不可能。私とバアルは魔物の群れに飲《の》み込《こ》まれる様に姿を隠す。気配を絶ちながら群れに添《そ》う様に追走し、前方に仮設前線基地が見えた時、バアルが飛び出した。

「せぁ！」

「ごふっ⁉」

「な、何だ！」

「何者だ⁉」

　バアルの拳は鎧《よろい》を砕き、蹴《け》りは剣を叩き折り、手刀は首を切り飛ばす。魔物を迎《むか》え撃《う》とうと並んだハルドリア王国の精鋭だったが、横合いからのバアルの不意打ちになす術《すべ》なくその命を刈《か》り取られていった。バアルによって陣形《じんけい》が崩《くず》れたところに魔物の群れが殺到《さっとう》する。多少逸《そ》れそうになる魔物もいたが、【威圧《いあつ》】を使い逸れない様にコントロールする。

　気分は羊の群れを追う牧羊犬だ。魔物が整然と並んだ天幕を蹂躙《じゅうりん》する。何体かは討伐されるが、数で圧倒的《あっとうてき》に優《まさ》っている上、腕《うで》の立つ強者は優先的にバアルが始末している。

「さて」

　背の高い木上に立ち戦場を見下ろすと、一箇所《かしょ》から水飛沫《みずしぶき》が上がり十数体の魔物を吹き飛ばした。

「あそこね」

　私は木の枝を揺《ゆ》らして水飛沫が上がった場所に向かって駆け出したのだった。

◆

「ふむ。妙《みょう》だな」

ジークは神器【白地戦略図】を見つめながら呟《つぶや》いた。ダンジョンの中まである程度は探知できる【白地戦略図】だが、そこから読み取れるのは実に不自然な状況だった。下層から上がってきた魔物が第二階層から繋《つな》がる広場で溜《た》まっているのだ。

「どう言う事だ？」

「がっはっは！　そう悩《なや》む事はないだろう。敵が一箇所に固まって居ると言うならば話が早い。俺が行って一網打尽《いちもうだじん》にしてくれる！」

「陛下……」

己《おのれ》の仕える国王と同じ気質の獣王《じゅうおう》レオンの発言にジークはため息を一つ吐《は》き出した。

「分かりました。では陛下は前線での待機をお願いいたします。ただダンジョンの中には……っ!?」

レオンと話しながらも視界の端《はし》で【白地戦略図】を捉《とら》えていたジークは息を詰まらせた。ダンジョンの奥《おく》で溜まっていた魔物が堰《せき》をきった様に出口を目指して動き出したのだ。

「陛下！　魔物が来ます！」

「おうっ！」

言うが早いか、レオンは配下と共に前線へと駆けて行った。

「原因は不明だが、大量の魔物が溢《あふ》れ出してくる。予備戦力を後方にさげろ。王都に到達《とうたつ》させる訳にはいかない。王都に残っている戦士団にも連絡《れんらく》を入れろ。此処の守りはハルドリア兵が受け持つ。獣王連合国の戦士団は後方の部隊と合流せよ」

慌《あわ》ただしく動き出した兵士達を横目にジークは顎に手を当てて目を細めた。ここ最近、ハルドリア王国とその属国で多発しているダンジョンの崩壊《ほうかい》によるスタンピード。その報告は当然ジークの手元に届いており、またジーク自身が指揮をとった事も数回あるのだが、そのどれもこの様な現象が起こった事は無かった。

「考えられるのはこのダンジョン特有のイレギュラーか……もしくは人為的《じんいてき》な何か。黒幕が居るとすればこれまでのスタンピードも何かしらの目的があって引き起こされたテロの可能性も視野に入れる必要が有るな。ん？」

深くなって行く思考を引き戻したのは目の前の【白地戦略図】に表示された情報だった。ジークが詰《つ》めるこの仮設前線基地の正面を魔物の群れが突破したのだ、しかし、この陣地《じんち》の前にはハルドリア王国の精鋭が布陣《ふじん》している。

「この程度なら問題は……なっ⁉」

防衛に当たっていた精鋭を横合いから現れた何者かが襲ったのだ。

「しかもこれは人間か？」

魔物との乱戦の中とは言え、精鋭を難なく打ち倒している。油断できない相手だが、今のジークには現在迫《せま》っている脅威《きょうい》に先に対処する必要があった。【白地戦略図】を消し去ったジークは愛用のワンドに手を伸《の》ばした。ワンドを掴《つか》んだ瞬間《しゅんかん》、衝撃音《しょうげきおん》と共に天幕が吹き飛び、大量の魔物が目の前に現れたのだ。

「荒《あ》れ狂《くる》う水流よ　我《わ》が敵を押し流せ【逆巻く大瀑布《ウォーター・フォール》】」

咄嗟《とっさ》に放った上級魔法が作り出した大量の水が十数体の魔物を纏めて飲み押し流した。高圧の水流で敵を圧死させる、ジークが得意としている魔法だ。周囲の魔物を排除したが直ぐに次の魔物が襲ってくる。右手側から襲い来る巨大なサソリの魔物に魔法を放とうとした時、ジークと魔物の間に割り込む影が有った。

「君は……」

長い黒髪《くろかみ》を三つ編みにした若い女だ。手にしているのは装飾《そうしょく》などは少ないが造りが良い実用性の高い細剣《さいけん》だ。

「こちらへ！　退路を開きますわ」

巧みな剣捌《けんさば》きで魔物の包囲を切り開く女の後を追い、ジークは走り出した。

◇

襲い来る魔物を斬り飛ばし、少し離れた場所に移動した。この辺りにもハルドリア兵が布陣していたはずだが、どうやら仮設前線基地へ救援に行っている様なので、向こうはバアルに任せておけば良いだろう。私は軽く汗《あせ》を拭うジークを見る。

「君は……確かトレートル商会の……」

ジークが私の姿を見て少し訝《いぶか》しげな顔をした。

「エリー・レイスですわ。御機嫌《ごきげん》よう。ハルドリア王国宰相ジーク・レイストン公爵《こうしゃく》閣下」

夜会に身を置く淑女《しゅくじょ》の様に丁寧《ていねい》に腰《こし》を折りジークに頭を下げると、私の慇懃《いんぎん》な態度に眉《まゆ》を顰《ひそ》めながら此方《こちら》へと歩み寄って来た。

「これはどんな状況か分かるかね？」

「ええ、もちろん」

「それは……」

ジークの言葉はその先には続かなかった。私が作り出した氷の刃《やいば》がジークの足下から顎を狙って突き出したからだ。かなりの速度で放った魔法だったが、ジークは反射的に頭を引き頬《ほお》を掠《かす》めるだけで躱《かわ》し、素早く距離《きょり》をとってワンドを構えた。完全な不意打ちに対してこの反応は流石としか言えない。

「一体何のつもりだ。私は貴女からこの様な仕打ちを受ける覚えはないのだが」

「あら、そう【氷結の大樹《フリージング・ツリー》】」

オーケストラの指揮者が振るうタクトの様に動く私の手に合わせて地面から氷が伸びてジークに迫る。

「くっ……な、この魔力は！」

大樹から伸びる枝葉の如く襲《おそ》いくる氷をワンドや水属性魔法で打ち払うジークは氷に込められた私の魔力にようやく気が付いたようだ。驚愕《きょうがく》に見開かれた瞳《ひとみ》で私の顔を見る。

「お前……エリザベートなのか⁉」

「ようやく気が付いたのですね。少し髪《かみ》の色を変えただけだったのですけれど」

「なぜこんな事をする！」

「その理由が分からないから……かしらね【氷柱《アイス・ピラー》】」

私が手首を返す動作と連動し、頭上に伸び上がってた氷からジークを押しつぶす様に巨大な氷柱が形作られた。

「【水刃《ウォーター・スラッシュ》】」

魔法で氷柱が真っ二つに両断されるが既《すで》に追撃《ついげき》としてもう一つの氷柱を落としていた。ジークはその場を飛び退くが私はその隙《すき》に細剣を捨て、距離を詰めて【強欲の魔導書】から取り出したフリューゲルを抜き放った。

「何を言っているんだ！　フリード殿下《でんか》との婚約《こんやく》が破棄《はき》された事を言っているのか？　だがお前は貴族だ。たとえ何があったとしても王族の為《ため》に尽くすのが貴族として生まれた者の責務だろう！」

「貴方の考えもわからなくはないわ。私も同じ考えを持っていた事もありますから」

「ならば！」

水の刃がジークの周囲を走り囲《かこ》い込む様に伸びていた氷の枝を全て切り払ったが、すかさず次の氷を伸ばしながらフリューゲルを一閃《いっせん》。ワンドで受け止めようとしたジークだが、私が手にしているのが切断に特化した魔法武器である事に気づいて回避《かいひ》に切り替えた。

「でもそれは私と言う個人を殺す事。仮に貴方やフリード殿下が私を尊重してくれていたならば国の為、この身を捧《ささ》げる事に何の迷いもなかったでしょう。しかし、貴方や王家は私をどう扱ったでしょうか？　身勝手に振《ふ》る舞《ま》い、後始末を全て私に押し付け、挙げ句の果てには投獄《とうごく》に民の扇動《せんどう》。その上貴方やブラート王はこれを黙認《もくにん》。どうすれば私に忠義が生まれると思うのですか？」

「……黙認した訳ではない。私達はお前ならば自力で解決できると信頼したのだ」

「信頼ですか。便利な言葉ですね。私は国の為に策を練り、貴方や王家の為に奔走《ほんそう》した。その私を貴方が信頼するのは当然でしょう。ですが、私に手を差し伸べる事もなく、仕事を押し付け、義務ばかりを課す貴方達《あなたたち》を私は信頼する事ができませんでした」

ジークが躱し、相殺《そうさい》し、フリューゲルで首を狙う。しかし、その刃はギリギリのところで届かない。既に我流《がりゅう》と言える程に変化しているが私の剣術《けんじゅつ》の根底にあるのはハルドリア王国の王宮剣術だ。その使い手たるジークは私の剣を見切っているのだろう。

「信頼とは一方通行では意味が無いのですよ」

剣術のリズムをわざと外し、更に魔法を織り交ぜる。するとジークに手傷が増え始める。

「お前の怒《いか》りは理解した。私達が間違《まちが》っていた事もな。既にお前に掛かっていた懸賞金《けんしょうきん》は取り下げる様に手続きに入っている。謝罪が必要ならそうしよう。その上でエリザベート。王国に戻っては貰《もら》えないだろうか？」

「残念ながらその言葉を信じる事はできませんね。貴方は王国、王家の為ならば、それっくらいの甘言《かんげん》を吐き出して娘《むすめ》に背中から剣を突き立てるくらいの事を顔色一つ変えずにやってのける人間でしょう」

「そんな事はしない！」

「残念ですが私は貴方を信用しておりません」

苦虫を噛《か》み締《し》める様な顔をするジーク。その言葉が真実か偽《いつわ》りかなど、既に私には関係ない事だ。

「どうしても王国に牙を剥《む》くと言うなら私はハルドリア王国宰相としてお前を排除《はいじょ》しなければならない」

「今更《いまさら》ですね」

ジークが無詠唱《むえいしょう》で放った水魔法《みずまほう》が私達の間に叩《たた》きつけられ、それを躱す様に私達は距離をとる。

「凍《い》てつく突風《とっぷう》　輝《かがや》く吐息《といき》　命飲み込む氷結の吹雪《ふぶき》　氷雪纏いし我が名は氷狼《フインリル》
【白銀の息吹《ブリザード・ブレス》】」

「流れゆく激流　轟く吐息　万物砕《ばんぶつくだ》きし災禍《さいか》の水流　水天纏いし我が名は水龍《リバイアサン》
【厄災の水撃《ストリーム・ブレス》】」

死の吹雪と破壊の激流。氷と水の上級魔法が正面からぶつかり合う。激流を凍《こお》らせ、その氷を水が砕く。私とジークの魔法は完全に拮抗《きっこう》していた。

◆

エリーがジークと共に離れた頃、バアルは仮設前線基地で残った精鋭と援軍としてやって来たハルドリア兵を相手に暴れていた。

「オラオラオラ！　その程度か！」

バアルの異常な程の身体強化は素手《すで》で刃を弾《はじ》きミスリルの鎧をガラスの様に砕く。

「ひっ⁉」

返り血を浴びて笑う姿に恐怖《きょうふ》した若い兵士が剣を取り落とす。だがバアルは戦場で武器を無くした程度で容赦《ようしゃ》する程甘《ほどあま》くはない。若い兵士の命を奪《うば》うべく拳を振《ふ》り下ろす。だがその拳は止められる。一人の騎士《きし》が割り込みバアルの拳を剣の腹で受け止めたのだ。

「ほう。少しはマシなヤツも居たのか」

「立て！　剣を拾え！　隊列を組み直すのだ」

騎士はバアルの軽口には答えず混乱する仲間に指示を飛ばし、剣をバアルに向ける。

「我が名はアレックス・ザントブフ。栄《は》えある王国第三騎士団《きしだん》の団長を拝命している。貴《き》殿《でん》の武に敬意を表そう」

「そいつはどうも」

「この危機的状況で何故我々に牙を剥くのかは問わない。どの様な理が有ろうとも貴殿が私の部下達を手に掛けた事実は変わらないからな」

「まぁそうだな」

アレックスは剣を頭上に高く構えた。ハルドリア王国王宮剣術の基礎《きそ》、始まりの構えである。

「はぁぁぁ！」

放たれた矢の様に飛び出したアレックスはバアルとの距離を一足で詰め、上段から刃を振り下ろす。雷《かみなり》の如く鋭《するど》く速いその一撃《いちげき》は常人ならば認識《にんしき》する事も出来ずに両断されていただろう。だがバアルは既に常人の域に居ない。天性の才能である強力な身体強化、数々の修羅場《しゅらば》を生き抜いた経験、驕《おご》る事ない研鑽《けんさん》を以《もっ》てアレックスの必殺の剣を躱す。

「ふっ！」

しかし初太刀を躱されたアレックスはその卓越《たくえつ》した技量により地面スレスレで剣を返して切り上げる。必殺の一撃を躱した者を仕留める完殺の二撃目。それをバアルは腰の剣の柄《つか》で受け止めた。本来攻撃を受ける場所ではないが、バアルの剣の柄は魔力で強化しているおかげで斬り飛ばされる事はなかった。

「なるほど。お前さん、本当に強いな」

変化したバアルの殺気にアレックスは反射的に距離を空ける。ゆっくりと柄に手を掛けたバアルは剣を抜く。傷だらけでボロボロ。碌《ろく》に手入れもされていない剣だが、その刃だけは寒気がする程の輝きを放っている。

「死ぬ気で剣を握《にぎ》れ。そうすれは少しだけ長生きが出来る」

アレックスにはバアルの持つ剣が僅《わず》かに揺れた様に見えた。次の瞬間にはバアルの姿はそこにはなく、アレックスの背後で隊列を組み直していた騎士や兵士が音もなく斬り伏《ふ》せられていた。

「何を⁉」

アレックスが振り向くがバアルはそれよりも速く剣を振り抜く。かろうじて致命傷《ちめいしょう》を避《さ》けたアレックスだが左腕《ひだりうで》を斬り落とされた。それも落ちた腕が足に当たり初めて斬られた事に気付いた程だ。バアルの剣技に冷《ひ》や汗《あせ》を流すアレックスは片手で扱うには重すぎる剣を捨てる。

「神器【守護者の盾《ガーディアン》】」

アレックスの神器は大楯《おおだて》。しかし、その大楯は具現化した瞬間細切れとなって消えた。

バアルはアレックスの後ろで剣を鞘《さや》に収めようとしている。その神速の剣技にアレックスの脳裏《のうり》に一つの名前が浮《う》かぶ。十数年前、王国で名を馳《は》せた冒険者の名前だ。ある時期からピタリと名を聞かなくなり死んだと噂《うわさ》されていた。

「き、貴殿は……もしや……」

　バアルの剣が鞘に収まり小さく音を立てる。

「剣お……」

　アレックスの言葉は止まり、その身体はバラバラに崩れ落ちた。その身に、餌《えさ》を投げ入れられた池の魚の様に魔物が殺到する。魔物に食《く》らいつかれるアレックスや騎士、兵士の死体を無視してバアルは魔物を討伐《とうばつ》し始める。すると仮設前線基地の異変を察知した獣王連合国戦士団が到着《とうちゃく》した。

「こ、これは一体⁉」

　魔物を殴《なぐ》り殺しながらバアルは戦士団の団長らしき男に向かって叫《さけ》ぶ。

「俺が来た時にはもうこの有様だった。見たところ生き残りはいねぇ。お前らも魔物の討伐を手伝ってくれ！」

　バアルの言葉に戦士団は慌てて武器を手に取り魔物に向かって行くのだった。

◇

　逃《に》げるジークを追い森を抜けると行く手は切り立った崖《がけ》で下は激流となっていた。この川は獣王連合国の山に源流が有り、ハルドリア王国の内陸部を通って海へと流れ込んでいる。崖を背にしたジークは森からゆっくりと姿を現した私と対峙する。

「エリザベート。最後にもう一度聞く。大人しく王国に戻るつもりはないのか？」

「ないわ」

「そうか……」

ジークは呆《あき》れた様に息を吐き出した。

「ならば仕方ない。神器【白地戦略図】」

全身から放った魔力《まりよく》が凝縮《ぎようしゆく》され、ジークの手に一枚の白紙の地図が現れる。その地図は空中に広げられ霧の様な小さな水滴《すいてき》が周囲に広がったかと思うとジークを中心に半径二十メートル四方の地形が浮かび上がった。

それを見た私は攻《せ》め手《て》を止めて距離を置く。地図の神器である【白地戦略図】は戦闘《せんとう》向きの神器ではない。それを此処で出す意味とは。ブラフとも考えられるが、より可能性が高いのは私同様に神器の能力を隠《かく》していると言う事。ジークが浮かび上がった地図に指を当てる。

「創水《クリエイト》【水騎士《ナイツ》】」

ジークが触《ふ》れた地図の位置。私の目の前に水で形作られた騎士が現れる。私の知らない魔法《まほう》だ。フルプレートアーマーに剣と盾、騎士団の正式装備を模した水人形が剣を私の頭を狙って振り下ろした。剣を持った腕をフリューゲルで斬《き》り飛ばしながらバックステップで間合いを空ける。

「っ⁉」

風を切る音を聞き、反射的に身を屈《かが》める私の頭上を水の槍《やり》が掠め、そのまま転がる様に回避行動をとると水の矢が地面に突《つ》き刺《さ》さる。見れば既に私の周囲は剣や槍、弓などで武装した水の騎士に包囲されていた。この水の騎士、私の【氷人形】と同系統の魔法のようだ。おそらく、込められた魔力によっては本物の騎士並みの強さを持つのだろう。だが、それだけ力を持たせるとなると操《あやつ》れる数や範囲に制限がつく筈《はず》。それを補う【白地戦略図】の能力がかなり厄介《やっかい》だ。

「【白霧《ホワイト・ミスト》】」

ジークの魔法で周囲に霧が立ち込めて水騎士達の姿を隠してしまった。

「殺気が無いって言うのも厄介ね」

ジークの神器は水を使って周囲の状況を地図上に再現する事ができる。この視界でも私の位置が正確に表示されている筈だ。その証拠《しょうこ》に霧の中から飛び出す様に私の急所を狙って武器を振るわれる。だが私はジークの神器を知っている。【白地戦略図】が感知しているのは魔力だ。

「【水操作《ウォーター・コントロール》】」

作り出した水に魔力を加えて自分の髪を洗い流した。私の髪を黒く染めていた染料《せんりょう》には魔力を吸収する特殊《とくしゅ》な性質が有る。本来、魔力水は錬金術《れんきんじゅつ》による加工をしなければ直《す》ぐに霧散《むさん》してしまう。しかし、この染料を溶かす事で擬似的《ぎじてき》な魔力水を作る事ができるのだ。

私の髪は黒から銀へと戻り、黒く染まった水を周囲に浮かべる。

「【水人形《ウォーター・ドール》】」

その水を使って人形を作ると、濃霧《のうむ》から飛び出してくる水騎士の攻撃が黒い水人形へと向かう。私の魔力を吸収した染料が混ざった水人形は、【白地戦略図】の上では私本人とは区別できないはずだ。

「出し惜《お》しみをして逃げられる訳にはいかないわね。神器【暴食の魔導書】」

水騎士が囮《おとり》に剣を振るっている間に神器を具現化させる。神器の発動を察したのか、水騎士達の攻撃が激しくなる。染料を混ぜた水人形は散らされて数を減らしている。その水人形に剣を振り下ろした水騎士をフリューゲルで斬り捨て魔導書に魔力を込めた。

「【突風《ガスト・ウインド》】【炎針《ファイア・ニードル》】」

霧を吹き飛ばし姿を確認《かくにん》した水騎士をすかさず高温の炎で蒸発させる。

「風属性魔法に火属性魔法だと！」

ジークは私の神器に驚《おどろ》いたようだ。王国に居た頃《ころ》、私は自身の神器【七つの魔導書《グリモア・セブンス》】を【英知の魔導書《グリモア・ウィズドム》】と偽っていた。その為、ジークも私の神器の能力を知らない。

「【岩弾《ロック・バレット》】【炎弾《ファイア・バレット》】【風弾《エア・バレット》】」

その僅かな隙を逃《のが》さない様に魔法を連続で放つ。ジークが素早《すばや》く地図をなぞると水に壁《かべ》が立ち上がり魔法を掻《か》き消した。

「お前の神器は【英知の魔導書《グリモア・ウィズドム》】ではなかったのか⁉」

「ああ、あれは嘘《うそ》です。貴方だって神器の能力を隠していたでしょう？」

何でもない事の様にそう告げて水騎士の槍を小手で逸らして逆袈裟《けさ》に斬り、弓持ちの水騎士を魔法で撃ち抜《ぬ》く。ジークはすかさず地図の上に指を滑《すべ》らせた。

「創水【水竜《ドラゴン》】」

小さな手足が生えた巨大《きょだい》な蛇《へび》の形をした水人形が現れ、その大きな顎《あご》で噛み砕《くだ》こうと迫る。私はフリューゲルを鞘に収めると、牙《きば》を避け、あえて口の中に飛び込む。蛇の中は水流が縦横無尽《じゅうおうむじん》に激しく渦巻《うずま》いており、全身がバラバラに砕かれそうだ。そうなる前に凍らせて砕き、再びフリューゲルを抜き放ちながら小脇《こわき》に抱《かか》えた魔導書を発動させ、私の前を塞《ふさ》ぐ水騎士を炎の礫《つぶて》で消しとばす。

「【水槍《ウォーター・ランス》】」

巨大な水の槍を作ろうとするが、その魔法が打ち出される前に僅かに残った染料入りの水を触媒《しょくばい》に魔法を発動させジークの許に集まった大量の水を凍らせて砕き、フリューゲルで左腕を斬り飛ばした。

「ぐっ……」

ジークは水を使い止血するが私は追撃に魔法を放つ。

「【炎槍《ファイア・ランス》】【風槍《エア・ランス》】【氷槍《アイス・ランス》】」

「自身の魔力を別の属性に変換《へんかん》する能力か？」

迫る魔法を前にジークが取った行動は回避や防御《ぼうぎょ》ではなかった。懐《ふところ》から取り出したペンを握ったのだ。

「これはあまり使いたくはなかったのだがな」

そう言うとジークは素早く神器に何かを書き込んだ。すると私の魔法がジークに命中する前に掻き消えてしまった。

「魔法が⁉」

まだ能力を隠していたか。魔法を掻き消す能力に攻撃《こうげき》魔法は不利。私は一度【暴食の魔導書】を消し、再び神器を発動する。

「神器【怠惰の魔導書《グリモア・ベルフェゴール》】」

しかし、私の手に魔導書は現れない。

「神器が発動しない⁉」

これもジークの神器の能力か。魔法を無効化する方法は大きく分けて二種類ある。魔力を魔法に変換する為の魔法式を破壊《はかい》する方法と、魔力を体外に放出させない様にする方法だ。神器発動の為に放出した魔力は確かに消費した。しかし神器の生成は魔法式を介《かい》さず、スキルに近い。つまりジークの神器【白地戦略図】の魔法無効の能力はその何方《どちら》でもないと言う事か。一閃、剣を振るう。

「身体強化も消えている」

次に簡単な魔法を使うが発動はせず魔力は消費した。

「なるほど。魔力を強制的に霧散させて魔法の発動を阻害《そがい》する能力ってところかしら？」

「やはりお前は優秀《ゆうしゅう》だな。創水【球《スフィア》】」

腕の傷を水で覆《おお》い止血したジークが周囲に水の球を浮かべながらこちらを睨《にら》む。どうやら神器の持ち主は自由に魔法を使用出来るらしい。

複数の水球から放たれる高圧水流はまともに受ければ体を貫《つらぬ》かれるだろう。かすりながらもなんとか回避しながら打開策を考える。これ程の能力を隠していたと言うことはかなりのリスクがあるのだろう。私の【嫉妬の魔導書《グリモア・レヴィアタン》】の様な反動か、あるいは【色欲の魔導書《グリモア・アスモデウス》】の様な弱体化か。何《いず》れにしてもそれを期待するのは甘《あま》い考えだ。

「ぐっ！」

水が私の肩《かた》を撃ち抜いた。身体強化無しでは完全に回避するのは難しいか。

「降伏《こうふく》しろ。エリザベート。悪いようにはしない」

「そうでしょうね。今度は大切に飼い殺しにするのでしょう？」

「エリザベート！　なぜわからない」

三体の水騎士が槍を突き出す。私は一体を斬り払《はら》ったが残りの二体の槍を受けてしまい足と脇腹《わきばら》に浅く傷を負った。

「諦《あきら》めろ。鍛《きた》えてはいてもお前は女、身体強化が使えなければそこまでだ」

「それはどうかしら？」

ジークは更《さら》に三体の水騎士を作り私を逃さない様に包囲した。五体の水騎士に加えてジークの周囲に浮かぶ水球からはいつでも高圧の水流が射出出来る様に狙っている。私は懐から取り出したガラス瓶《びん》を地面に叩きつける。ジークが警戒《けいかい》して距離を空けるが、これはただの解毒薬《げどくやく》だ。ジークの意識が僅かに逸れた隙を突き後方の水騎士を斬り包囲を逃れる。更に追撃に来た水騎士を斬り倒《たお》してポーションを飲む。ユウから買った最高品質のポーシヨンは全身の傷を瞬時《しゅんじ》に治癒《ちゆ》する。

「魔法薬は効果があるのね」

特定のエリアの魔力を全て無効にするのは不可能。魔法薬の効果が有ったと言う事は物に込められた魔力は有効なのか。

「いや、特定の個人の魔力をピンポイントで阻害している？」

ジークの能力を考察する私に水騎士が剣を振りかぶる。身体強化がない状況《じょうきょう》で水騎士の剣を受け止めるのは危険だ。左腕の小手を剣に添《そ》えて受け流し体勢が崩れたところに胴《どう》を袈裟《けさ》斬《ぎ》りにする。水球から放たれる高圧水流を転がる様に躱し、側に有った岩を斬り、小さなガラス球を取り出して岩に投げつける。ガラス球が岩に当たり砕けた瞬間、岩がジークに向かって勢いよく飛ぶ。あのガラス球は衝撃球《しょうげききゅう》。当たった物に衝撃を与《あた》える単純な魔導具だ。

「魔導具も効果有り」

あの魔導具は私が製作した物だ。つまり、込められている魔力は私の魔力。

「特定の個人の魔力を無効化しているが、一度、物などに込められた魔力は使えるのか。生物が直接発している魔力以外は対象外なのか」

岩は水球から放たれる高圧水流を受けて砕けながらジークに迫る。あの高圧水流は貫通《かんつう》力は高いが、何かを貫通した後は威力《いりょく》が著《いちじる》しく下がる。岩と共に駆け出した私に多少の傷をつけても足を止める程《ほど》のダメージは無い。ジークを間合いに捉えてフリューゲルを薙《な》ぐ。

「甘い！」

「がぁ⁉︎」

フリューゲルを握る手首を掴んだジークは、私の剣の勢いをそのままに体を引き寄せて肘《ひじ》を打ち込んだ。掴まれた手首を返して外しながら蹴りを放つとジークはバックステップで避ける。

「はぁ、はぁ、強化されていない身体で打撃《だげき》を受けるのはキツいわね」

あれは私も多用するハルドリア王国騎士の徒手格闘術《かくとうじゅつ》だ。ジークに両腕《りょううで》が有ったなら投げ飛ばして首を踏《ふ》み抜かれていた。

「分かっただろうエリザベート。こんな事をして何になる？　王に仕え、国に尽《つ》くす。それが貴族として生まれた者の宿命だ。確かに私はお前に多くの物を背負わせてしまった。優秀なお前に甘えていた事は認めよう。どうか私達にやり直すチャンスをくれないか？」

「そして私をフリードの婚約者《こんやくしゃ》に戻《もど》すのですか？　私に貴族としての義務を課すのなら当然、フリード殿下にも王族としての義務を全うさせるのですよね？」

「それは……当然だ」

「貴方《あなた》はあのフリードが心根を入れ替えると本気で思っているのですか？　真に国の為を思うのならあの愚《おろ》か者《もの》こそ排除するべきなのでは？」

「エリザベート！　それは王家に対する侮辱《ぶじょく》だ！　取り消しなさい！」

「やはりそうですか。貴方は国の為と言っているが、正確には王家の為に動いているのですね」

「……何？」

驚いた様な顔をするジーク。自分でも気づいてなかったのだろうか。

「私が国を出た後、国家反逆の罪で指名手配したのは貴方でしょう？」

「それは……国を守る為には仕方ない事だった」

「国ですか。貴方が守ったのは王家です。シルビアとの婚約を認めないとフリードが愚かな行動をした事を認める事になるんですから。本当に国の為を思ったのならフリードの勝手を咎《とが》めシルビアを排除した筈よ」

「…………」

誰《だれ》かに似たような事でも言われたのか反論を飲み込んだ様子のジークが少し気に掛かったが、これ以上不快な話を続ける気にもならなかった。フリューゲルを正眼に構えジークを睨む。ジークは色々な事を飲み込んだ様な複雑な表情をした後、王国の宰相《さいしょう》としての毅然とした顔になり私に告げる。

「これが最後だ。王国に戻る気はないのだな」

「有ると思うの？」

地を蹴り間合いを詰める。フリューゲルの刃を自分の身体で隠す様にして飛び出す。ジークも私が勝負を決めに来たと察したのか、

「無駄《むだ》だ。お前とて魔力がなければ多少優秀な武人に過ぎん」

ジークの側の水球が幾《いく》つか合わさり水の馬に乗った水騎士となり、長槍《ながやり》を突きだしてくる。

「そう来るでしょうね」

今までの戦闘からジークの水騎士の足止めと水球による狙撃《そげき》のパターンは読めていた。私は残っている衝撃球を全て投げる。水騎士を完全に吹《ふ》き飛ばす程の威力は無いが、長槍と馬を吹き飛ばして水飛沫によりジークの視界を一瞬遮《いっしゅんさえぎ》る事はできる。

銀髪《ぎんぱつ》に戻った私の三つ編みを纏《まと》めていた髪留《かみど》めに手をかざす。

「ブラート王を倒す為の切り札の一つだったけど、ここで使っても後悔《こうかい》はないわ」

髪留めに溜め込《こ》まれた魔力を解放した瞬間、周囲の空間が歪《ゆが》んで見える程の魔力が私の周囲を満たした。ジークの【白地戦略図】による魔力霧散《まりょくむさん》能力は発動しているが、それで

も追いつかない程の膨大《ぼうだい》な魔力。

「な、何を……」

後ずさりするジークにゆっくりと歩み寄りながら魔力を掌握《しょうあく》する。

「凍てつけ徒花《あだばな》　永劫《えいごう》と循環《じゅんかん》と停止　氷結世界を顕現《けんげん》せし刃を我が手に　咎人《とがにん》に断罪と永遠の眠《ねむ》りを【氷結の断罪剣《ニブルヘイム》】」

膨大な魔力を凝縮して一本の短剣《たんけん》を作り出す。原理としては神器と似てはいるが、これは魔法によって作り出した物だ。うっすらと光を放つ氷の短剣は私の側に浮かんでいて、私がジークに手を向けると放たれた矢の様に飛び出した。

「【水騎士】！」

水飛沫に視界を塞がれていたジークだが、異常な魔力から危険を察して視界が開ける前に動き出す。ジークを庇《かば》う様に十数体の大楯を構えた水騎士が立ち塞がるが、短剣が近づいただけで砕ける。水球を盾にするも結果は同じだ。迎撃《げいげき》が無理だと判断したジークは回避しようとするが遅《おそ》い。短剣が近づいた段階で呼吸で肺に入る空気を介して体内から凍り始めていたのだ。

「ぐっ」

肺が凍る痛みと不意に呼吸が止まった衝撃がジークの足を動かすタイミングを奪ってし

まった。輝く氷の短剣がジークの胸に突き刺さる。刺さった瞬間凍《しゅんかんこお》らせた為、出血はない。

「う……が……」

ジークは突き刺さった短剣を抜こうと残っていた手を柄に掛《か》けるが、その手が瞬時に凍り付く。

「【氷結の断罪剣】は刺さった者の魔力を使って周囲を凍結《とうけつ》させる。魔力を持つ生物である限り、その短剣が刺さって生き延びる事はないわ」

「……っ……ぁ……」

何かを言っている様だが、既に肺や喉《のど》も凍っているのか言葉は出てこない。残っていた水球水騎士が消滅《しょうめつ》した時、氷像となったジークの足が砕けて崖へと落ちて行った。私はその姿が激流に飲まれたのを確認すると、視界の端に映った三つ編みを留めていた髪留めを外した。既に千切れ掛けてもう使う事は出来ないだろう。私はジークが飲み込まれた激流に髪留めを投げ捨てて踵《きびす》を返す。

「さようなら、お父様」

◇

ジークを始末してから二日後、仮設前線基地を失った混乱で冒険者《ぼうけんしゃ》や戦士団に多少の犠《ぎ》牲《せい》は出たが、ダンジョンの最奥《さいおう》から現れたアースドラゴンを獣王レオンが討伐した事で今回のスタンピードは幕を下ろした。

「突然《とつぜん》の魔物《まもの》の大群による強襲《きょうしゅう》と言うトラブルはあったが皆《みな》の奮戦により王都や周辺の街や村への被害《ひがい》はなかった。獣王連合国獣王レオン・ライオンハートが諸君勇士への感謝と共に、スタンピードの終結を宣言する！」

戦士団や冒険者達《ぼうけんしゃたち》から大きな歓声《かんせい》が上がる。その歓声が収まった時を見計らいレオンが再び声を上げる。

「戦士団には特別褒賞《ほうしょう》を出す。当然、冒険者や義勇兵達にも相応の報酬《ほうしゅう》を約束しよう。数日後、追って冒険者ギルドを通じて連絡をする」

レオンの解散の宣言により、私達はそれぞれ王都へ向かって移動を始めた。

「ようエリー、バアル。途中《とちゅう》から別れちまったがそっちは如何《どう》だった？」

私達の姿を見つけたイーグレットが駆《か》け寄って来た。

「俺《おれ》の方はあれから数体の大物を仕留めてな。団長のオルトが上に掛け合ってくれて報酬を追加して貰ったんだ」

かなりの額が約束されたのかイーグレットは上機嫌《じょうきげん》だった。

「私達の方もそれなりに戦ったから報酬は期待できるわね」

「そうだな。竜種《りゅうしゅ》も居たし、しばらく酒代を気にする必要はなさそうだぜ」

「ミレイ達も呼び戻さないとね」

ミレイ達はイーグレットの商会の馬車で王都を出たので、馬車の手配で手間取る事はないだろう。

「イーグレットは報酬を受け取ったら如何するつもりなの？」

「ああ、一旦《いったん》ナイル王国に帰ろうと思ってるぞ」

「ナイル王国……」

そうだ。忘れていた。

「ナイル王国と言えば、最近政変があったらしいわね」

「えっ⁉」

目を丸くするイーグレットに私は驚いた。ナイル王国に本拠地《ほんきょち》があるのだからとっくに情報を得ていると思っていたのだ。

「獣王連合国の王都に着いた時に帝国《ていこく》の商人に聞いたの。ミレイに裏を取らせたから確かな情報よ」

私はあの日、ロットンから聞いた情報をイーグレットに伝えた。

「マジかよ。まぁ第三王子殿下が即位《そくい》するなら酷《ひど》い事にはならないか」

「第三王子殿下はどんな方なの？　政争の火種にならない様に表舞台《おもてぶたい》に出ない人だと聞いているけれど？」

問うとイーグレットは少し困った顔をしながら話してくれた。

「実は俺もどんな方なのかは知らない。表に出ないからな。だが殿下の名前で孤児院《こじいん》への寄付や貧民《ひんみん》への施《ほどこ》しが行われているからそう悪い人間じゃあないと思う」

「そう」

本当に第三王子が行ったのかは不明であるが、今の所大きな暴動などは報告されていない。

「エリーは帝都《ていと》に帰るんだろ？」

「ええ」

「じゃあ俺も帝都に行くかな」

「はぁ？　本拠地が大変なんじゃないの？」

「大変だから落ち着くまで帝国に逃げるんじゃないか。流石《さすが》に商会員に死人なんかは出ないだろうから俺が帰らなくてもなんとかなるさ。大体、エリーが獣王連合国に行くって情報を得たから俺も船に飛び乗ったが、本来ならもう少しで帝都で行われる祝祭を見物してから帰る予定だったんだ」

私が呆れた目で見てもイーグレットは国に戻るつもりはないらしく、私と共に帝国に戻るそうだ。

「まぁ、好きにすると良いわ」

◆

王都から帝都に向かう道は複数あり、その内の一つは大回りになるが、道中に多くの街があり帝国との間の荒野《こうや》が短いルートだ。以前の贋金《にせがね》事件の折に帝国に割譲《かつじょう》された領地を経由するこの道を、見た目は質素だが上質な馬車が走っていた。ガラガラと車輪が回る音を聞きながら柔《やわ》らかい座席に向かい合って腰《こし》を下ろす二人の貴族の姿がある。それぞれの侍従《じじゅう》と侍女《じじょ》を隣《となり》に座《すわ》らせているのは二人が未婚《みこん》の若い貴族だからだろう。

「聞いてもいいかしら?」

「何かな?」

その内の一人、普段《ふだん》のドレスほどではないが旅用としてはかなり豪奢《ごうしゃ》な金糸で刺繍《ししゅう》が施された真っ赤なワンピースを身に纏ったロゼリアが、目の前の胡散臭《うさんくさ》い笑《え》みを顔に貼《は》り付けたエイワスに声を掛けた。

「このルートを選んだのは貴方だったわね」

「そうだね」

「理由を聞いてなかったと思ってね。帝都に向かうなら直接荒野を越《こ》えた方が速いでしょう？」

「ああ、このルートには帝国に併合《へいごう》された領地があるからね。そこの民達が不当な扱《あつか》いを受けて無いか確認したかったんだよ。その為にかなり余裕《よゆう》を持たせた旅程になっているんだ」

「…………何を企《たくら》んでるの？」

「はっはっは。何の事かな？　私は突然《とつぜん》帝国に併合された民の生活を心配しているだけさ」

綺麗事《きれいごと》を並べるエイワスにロゼリアは疑いの目を向ける。その視線に揶揄《からか》いの言葉を返そうとした時、馬がいななき馬車が停まった。エイワスは御者台《ぎょしゃだい》に繋《つな》がる小窓を開き声を掛けた。

「何事だい？」

「も、申し訳ありません。近くの村の者が飛び出してきて何やら話があると。直ぐに追い払います」

「いや、わざわざ貴族の馬車を止めたのだ。重要な話かも知れん。私が話を聞く。ファドガル嬢《じょう》は念《ねん》の為《ため》馬車で待っていてくれ」

そう言ってエイワスは馬車から降りると、ロゼリアの乗る馬車の周囲を警戒する様に指示し、護衛の騎士達に囲まれている二人の青年へと歩み寄った。

「馬車を止めた村人と言うのは君達かな？」

「へ、へい！　そうだす」

「と、突然お呼び止めして申し訳ねぇですだ」

青年達はいかにも貴族然としたエイワスに緊張《きんちょう》しながら答えた。

「それで、何かあったのかい？」

「へい、それが……」


青年達の話を聞いたエイワスは少し考えた後、ロゼリア達を少し先の宿場町まで先行させ、自身は荷馬車の一つを引き連れて青年達の村へと向かった。

「こちらですじゃ」

村長の家に通されたエイワスは奥《おく》の部屋で寝《ね》かされた男の遺体と対面した。手足を片方ずつ失っており、胸に氷の短剣が突き立てられ、そこを中心に全身が凍り付いている。

「昨日川へ行った村の者が発見したのですじゃ。胸の短剣は凍り付いとって抜けませんで。身なりからすて貴族様とお見受けしたので、若い者に近くの領主様へご連絡《れんらく》する様に走らせたのですじゃ」

そうして村を出た者達が明らかに貴族の物だとわかる馬車を見つけて助けを求めたと言う話だった。エイワスが男の顔を覗《のぞ》き込む。

「確かに我《わ》が国《くに》の貴族だね。村長、村の者達もご苦労だった。遺体は私達が引き取ろう。この村にも謝礼金を送る様に手配する」

恐縮《きようしゆく》する村人達から凍った男の遺体を引き取り荷馬車に寝かせたエイワスはロゼリア達が待つ宿場町へ向かって馬車を出した。途中で馬車を停《と》めたエイワスは護衛の一人に指示をだして遺体を馬車から降ろす。

「エイワス殿《どの》」

「ああ、ジーク・レイストン公爵《こうしやく》で間違《まちが》いない」

「やはり……とりあえずこの短剣を」

「触《さわ》るな！」

エイワスに制止されて護衛は手を止める。

「その短剣は【氷結の断罪剣】だ」

「【氷結の断罪剣】？　魔法武器でしょうか？」

「エリザベート・レイストンが作り出した魔法だよ。突き立てた者の魔力を使って凍結させる短剣を作り出す魔法だ。その性質は呪《のろ》いに近い。村人達は魔力が低かったから助かったけど、私や君達が触れれば腕《うで》の一本くらいは瞬時に凍《こお》らされるよ」

「なっ⁉」

護衛が手を引っ込めてジークの遺体から一歩離《はな》れる。

「で、では宰相閣下を殺したのは……」

「間違いなくエリザベートだね。見てみなよ。この腕の断面」

凍り付いているが、ジークの傷口は初めからそうであったかの様に綺麗《きれい》に切断されていた。

「エリザベートのフリューゲルだ。普通《ふつう》の剣ではここまで綺麗に切断は出来ない」

護衛は複雑そうな顔をする。

「レイストン宰相閣下はエリザベート様のお父君の筈ですが……」

「よほどエリザベートに恨《うら》まれていたんだろうね」

エイワスは短剣を取り出しジークの首に当てる。

「エイワス殿⁉」

「良い手土産《てみやげ》になる。国を守る為に使うんだから本人も本望《ほんもう》だろう」

完全に凍っている為、切りにくかったがエイワスはなんとかジークの首を落とした。

「適当な箱に詰《つ》めておいて。凍ってるからそうそう腐《くさ》ったりはしないと思うけど丁寧《ていねい》にね。身体は適当に埋《う》めておいてくれ。短剣には触れない様に」

「は、はい！」

ジークの体を街道《かいどう》のはずれに埋めた後、エイワスは護衛の騎士達に視線を移した。最初は動揺《どうよう》していた彼《かれ》らだったが、既《すで》に平静を取り戻している。

「君達はジーク・レイストン公爵の遺体が流れ着いていた事は知らないし、胸に氷の短剣が刺さった死体など見ていない。そうだな？」

「肯定《こうてい》で有ります」

「うむ。では行こう。ロゼリア嬢が待っている」

「はっ！」


エイワスがロゼリアと共に帝国へ向かっている頃、王城ではフリードが自室の調度品を投げ飛ばしたりしながら荒《あ》れていた。シルビアに諭《さと》され、アデルとの関係を修復しようとフリードなりに行動したのだが、アデルはそれを歯牙《しが》にも掛けなかったのだ。

「あの女！　調子に乗りやがって！」

更に最近シルビアとあまり会えて居ない事も苛立《いらだ》ちに拍車《はくしや》を掛けていた。シルビアは自分の身の安全の為に逃げ場を探していて、フリードに構っている余裕がないだけなのだが、フリードはそれもアデルが自身とシルビアを引き離そうとしていると思っていたのだ。

「あらあら、随分《ずいぶん》と荒れているのね」

突然の声に驚いたフリードは、声のした方に振《ふ》り向いた。すると、先程《さきほど》まで誰も居なかった筈の場所に、闇《やみ》に溶《と》ける様な黒いドレスを身につけた女が居た。娼婦《しようふ》か踊《おど》り子《こ》の様な妖艶《ようえん》な衣装《いしよう》に反して、喪《も》に服している様な黒いベールで顔を隠した怪《あや》しい女だ。

「な、なんだ、お前は⁉　何処《どこ》から入った！」

「ふふ、そんなに慌《あわ》てないで欲《ほ》しいわ」

「だ、黙《だま》れ！　おい、衛兵！　何をしている、侵入者《しんにゆうしや》だ！」

フリードが部屋の入り口に向かって叫ぶが、衛兵が駆け込んで来る様子は無い。

その言葉はフリードの直ぐ後ろから聞こえた。部屋の端《はし》にいた筈の女は、いつの間にか
「無駄よ、誰も来ないわ」

フリードの背後に立っていた。女がフリードの肩に手を置くと、フリードの身体は動かなくなる。訳の分からない状況に恐怖《きようふ》するフリードの耳に口を寄せた女が囁《ささや》く様に告げる。

「ねぇ、殿下《でんか》。今の状況から抜け出したくはなぁい？」

「……なに？」

フリードの反応に女は笑みを深めるが、身体が動かないフリードから見る事は出来なかった。

◇

帰りの船旅はクラーケンやギルマンに襲《おそ》われる事もなく平穏《へいおん》で順当な旅に終わった。イーグレットとオウルを加えた私達はミーシャの操る馬車とハーミット伯爵《はくしゃく》領で用意したイーグレットの馬車の二台で帝都へ向かっていた。焦《あせ》って走らせても仕方ないので昼の大休止を取り、夕方と言うには少し早い時間に帝国へと帰り着く事が出来た。帝都の門には多くの旅人が並んでいるが、検閲《けんえつ》をしている衛兵の数も多いのでそこまで待たされる事なく列は進む。私の番になり、商業ギルドのギルドカードを衛兵に手渡《てわた》し確認して貰《もら》う。私のギルドカードを見た衛兵は少し目を見開いた。ギルドカードに記されている特別認可《にんか》商人の記述に驚いたのだろう。帝都でも数人、帝国全土でも二十人と居ないからね。その肩書《かたが》きのお陰《かげ》もあり、私のチェックは簡単な物だけで直ぐに終わる。次のイーグレット達は外国の商人なので少々厳重に調べられている。まぁ、それは仕方ない事か。

「すまない、待たせてしまったな」

「仕方ないわ。他国の人間なんだからそれなりに調べられるわよ」

彼らには帝都で宿を紹介《しょうかい》する約束をしているのでもう暫《しばら》く同行する事になる。

「イーグレット達は祝祭までは何かする積もりなの？」

「そうだな。獣王連合国で仕入れてきた品を捌《さば》くくらいか。エリーに時間が出来たら色々と取引を交《か》わしたいと思ってはいるぜ」

「そうね。船で約束した契約《けいやく》の話もあるし、近いうちに時間を作りましょう」

私の商会と取引のある宿を紹介し、イーグレット達と別れた。

「今回の旅も大変でしたね」

「そうですね。アリス様もお疲《つか》れではないですか？」

「アリス、元気だよ！」

三人は仲良く御者台に並んで座っており、私とミレイ、バアルは荷台に腰を下ろしていた。

「イーグレットとはアクアシルクの件で商談をするから数日後に予定を入れておいて頂《ちょう》戴《だい》」

「畏《かしこ》まりました」

「うちの商会で扱う化粧品《けしょうひん》やチョコレート、アクアシルクなどは上流階級をターゲットにした高級品だから、ナイル王国の貴族にも需要《じゅよう》はあると思うわ」

「そうですね。王国側の窓口になっていただければ色々と手間が省けます」

「バアルは今回のジークの件で王国が如何動くのか目を光らせておいて」

「あいよ」

「ミレイはナイル王国の事もよろしく。イーグレットの本拠地だから今後の取引が増えるとこちらにも影響《えいきょう》が出るわ」

「はい。直接密偵《みってい》を送り込みますか？」

「そうね。人選は任せるわ」

　今後の相談をしていると私達の馬車は屋敷《やしき》へと到着《とうちゃく》した。馬車をバアルに任せてミレイやアリス達と共に屋敷の玄関《げんかん》ホールへと入る。

「お帰りなさいませ。エリー様」

「ただいま、アルノー。何か問題は無かった？」

「はい。商会の仕事には問題は無いのですが……」

　困った様に眉根《まゆね》を寄せるアルノーによると、私に客が来ているそうだ。今まで不在だった私が帰った途端《とたん》に来客か。おそらく人を使ってずっと門を張っていたのだろう。

「来客はどんな人？」

「ハルドリア王国の貴族様でございます」

「貴族？」

ミレイと顔を見合わせた私はアルノーに来客の名前を聞いて、苦虫を噛《か》み潰《つぶ》した気分になった。


応接室の扉《とびら》を少々乱暴に開いて中へと踏み込んだ。整えられた応接室のソファでは軽薄《けいはく》そうな優男《やさおとこ》が優雅《ゆうが》にカップを傾《かたむ》けていた。

「どうしたんだい、エリザベート？　君らしくないな、そんなに乱暴に扉を開けるなんて。もっと淑女《しゅくじょ》らしくしなくてはいけないよ。

ああ、ミレイ。久しぶりだね。相変わらず君も美しい。帝国でも変わらずエリザベートを支えてくれてありがとう」

ミレイは無駄に整った顔に笑みを貼り付けた男に無表情で頭を下げる。

「ミレイ。私に珈琲《コーヒー》を」

「畏まりました」

「ミレイ君。私も御代《おか》わりを頼《たの》むよ」

「私のだけでいいわ」

「はい」

「おいおい、酷いじゃないか。意地悪は止《や》めてくれよ」

両手を上げて身振《みぶ》り手振《てぶ》りを交えてオーバーにやれやれと胡散臭く微笑《ほほえ》む優男を睨みつけ、正面のソファに腰を下ろした。ミレイから珈琲を受け取り一口飲む。

「それで……本日は一体どのような御用《ごよう》でしょうか、エイワスお兄様」

私は警戒心《けいかいしん》を隠《かく》す事もなく、優男……レイストン公爵領で代官として執務《しつむ》をしている筈《はず》のレイストン公爵家の後継《こうけい》、私の実兄《じつけい》であるエイワス・レイストンへと問い掛けるのだった。

◇◆☆◆◇

獣王連合国の王都の近く。帝国から列車と飛行船を乗り継《つ》いでたどり着いた場所はかつてダンジョンがあったとされる洞窟《どうくつ》だ。長い黒髪《くろかみ》を背中で纏めた小柄《こがら》な少年は軽く中を覗きこむ。するといくつかの魔物の気配を感じた。

「魔物が住み着いているけどダンジョン特有の気配は感じませんね」

東の島国装束《しょうぞく》の袖口《そでぐち》からノートを取り出すと手早くメモをとる。

「やっぱりスタンピードが発生して崩壊《ほうかい》した後はただの洞窟となっているみたいですね」

少年が警戒しながら洞窟に足を踏み入れる。少し歩くと大きな影《かげ》が姿を現した。巨体《きょたい》に豚《ぶた》の頭を持つオークと言う魔物だ。

「グフォ！」

棍棒《こんぼう》を振り上げるオークだが、少年は背負っていた戦斧《せんぷ》を抜《ぬ》き放ち掬《すく》い上げる様にオークの足を払い、巨体が転がったところに刃《やいば》を叩《たた》きつけてあっさりと討伐《とうばつ》する。

「生息する魔物はオークを確認《かくにん》。体長約二メートル。体格は平均的」

再びメモをとると少年は更に奥へと入って行った。

ダンジョン研究者　ハヤテ・クスノキのフィールドワークより

## ◇あとがき

はじめまして。もしくはお久しぶりです。はぐれメタボです。

拙作『ブチ切れ令嬢は報復を誓いました。4～魔導書の力で祖国を叩き潰します～』を手に取って頂き、ありがとうございます。

今回はＷＥＢ版とは大きく違う展開になりましたが、アリスを始め仲間達との交流などを多く書く事が出来ました。お楽しみ頂けると幸いです。

ここからは謝辞を。イラストレーターの昌末様。今回も素晴らしいイラストをありがとうございます。漫画家のおおのいも様。エリーの活躍を丁寧に描いて頂いて嬉しく思っています。担当して頂いているＳ様。私の我儘で足が出てしまった日程をフォローしていただき、ありがとうございました。

そして本書の出版に尽力して頂いた多くの方々に深く感謝致します。最後になりましたが、読者の皆様。再びこうして書籍を世に出す事が出来たのは全て読者の皆様のおかげに他なりません。本当にありがとうございました。

次巻予告

HJ NOVELS
HJN66-04

**ブチ切れ令嬢は報復を誓いました。4**
～魔導書の力で祖国を叩き潰します～

2023年7月19日　初版発行

著者――はぐれメタボ

発行者―松下大介
発行所―株式会社ホビージャパン
〒151-0053
東京都渋谷区代々木2-15-8
電話　03(5304)7604（編集）
03(5304)9112（営業）

印刷所――大日本印刷株式会社

装丁――BELL'S GRAPHICS／株式会社エストール



Printed in Japan

ISBN978-4-7986-3208-7　C0076